ホーンテッド・キャンパス

狼は月に吠えるか

櫛木理宇

角川ホラー文庫
24598

CONTENTS

HAUNTED CAMPUS

Characters introduction
イラスト／ヤマウチ シズ
八神森司
やがみ　しんじ
大学生（一浪）。超草食男子。霊が視えるが、特に対処はできない。こよみに両片想い中。
灘こよみ
なだ　こよみ
大学生。美少女だが、常に眉間にしわが寄っている。霊に狙われやすい体質。

HAUNTED
CAMPUS

HAUNTED
CAMPUS

プロローグ

HAUNTED CAMPUS

春休みなのについ大学に来てしまうのは、われながらよくない癖だ——と八神森司《やがみしんじ》は自戒する。

救いなのは、そんな大学依存患者が彼だけではないことだ。

雪越《せつえつ》大学部室棟には、二十四時間どこかしら灯《あか》りが点《とも》っている。農学部全体で飼っている犬は誰かしらに必ず餌をもらえ、ぬくぬくと肥えている。

また短縮営業ながら春休み中も頑張ってくれる学食に、朝昼のカロリー摂取を頼っている学生も多い。

研究室に毎日通う理系の学生を勘定に入れていいならば、全学生の四割近くが大学依存と言っていいだろう。

たとえば森司が所属するオカルト研究会の先輩である黒沼泉水《くろぬまいずみ》は、バイトの合間に毎日農学部の研究室に通っている。その従兄《いとこ》である部長にいたっては、オカ研部室と研究室の往復のみで生きている。つまり大学に行きさえすれば、誰かが相手をしてくれる状態だ。

というわけでその日も、森司はとくに目的なく部室に向かっていた。

愛用の帆布かばんには、生協のベーカリーで買ったパンがふたつ入っている。定番の明太《めんたい》フランスと、熟成ベーコンのチーズフォカッチャだ。後者は新製品だそうで、なんとなく手が伸びてしまった。

部室には部長が自費で買ったお高いコーヒーメイカーがある。たっぷりの豆で贅沢《ぜいたく》に淹《い》れ、マグカップになみなみと注ぎ、ひと口コーヒーを楽しんでからチーズフォカッチャにかぶりつく自分……を想像し、彼は足取りも軽く中庭を突っ切る。

——でも今日、こよみちゃんは来れない日なんだよな。

長年の想い人こと灘《なだ》こよみの笑顔が、漫画の吹き出しのように、森司の頭上にぽよんと浮かぶ。

会えないのは寂しい。しかしたまにはそんな日もあろう。この隙にリサーチしておきたい件があるし、悪いことばかりでもない。

「おはようございまぁす」

コーヒーコーヒー、と頭の中をカフェインでいっぱいにしつつ、森司は部室の引き戸を勢いよく開けた。

途端に目をまるくする。

室内には、思いがけぬ珍客がいた。

長テーブルを挟んで黒沼麟太郎《りんたろう》部長の向かいに座っているのは、泉水でもこよみでも、はたまた他の部員でもなかった。

小太りの体形。ぶ厚い眼鏡。くたびれたネルシャツに、何百回洗濯を経たのかわからぬ褪《あ》せたデニム。

間違いない。『雪大《ゆきだい》学生新聞部』部長の熊沢《くまざわ》であった。

「おはよう八神くん。早く戸閉めて、寒いから」

部長が笑顔で言う。

「あ、ああはい。すみません」

慌てて森司は引き戸を後ろ手に閉めた。

室内にはコーヒーの芳醇《ほうじゅん》な香りが漂っている。その芳香に混じったバターの匂いを、空腹の森司は鋭く嗅《か》ぎとった。テーブルに目を走らせる。

「春キャベツと挽肉《ひきにく》のキッシュだよ」

熊沢が言った。

「今朝おれが焼いたんだ」

「へえっ」

森司はのけぞった。

「熊沢さん、料理するんですか。キッシュはすごいですね」

つい卓上をまじまじと見てしまう。そこには確かに、アルミホイルに包まれた手作りキッシュらしき皿があった。

生協のパンは夕飯にまわそう。森司は即座に決心した。これで一食浮いた。貧乏学生にとっては日々の一食一食と、かかる経費が貴重である。

「ちなみに、このコーヒーを淹れたのも熊沢くんね」

部長が眼前のマグカップを指して言う。

「ぼく製じゃないんで安心して飲んで。全部彼がやってくれたから」

「そ、それはどうも」

やらせちゃってすみません、と森司は熊沢に頭を下げた。もうすこし前に来ればよかった。はからずも客人をこき使ってしまったようだ。

「いやあ。おれこういうの好きだから大丈夫」

熊沢がにこやかに応じる。

「どうぞコーヒー飲んで飲んで。キッシュも食べて食べて。あ、ところで八神くん、これいらない？」

足もとから熊沢は大きなビニール袋を持ちあげた。あいかわらず見た目に反してしゃきしゃき動き、はきはきしゃべる男である。

「うちの実家で作ってる春キャベツと、フルーツトマト」

「ええっ。いいんですか」

森司は再度大きくのけぞった。

「これはこれは。なによりのものを……」

うやうやしく、頭上に捧《ささ》げ持つように受けとってしまう。

今年はキャベツが不作で、東京では一玉五百円以上するとニュースで観た。森司がいつも行くスーパーでも、去年の一・五倍は高い気がする。惣菜《そうざい》でコロッケを買っても、うかつに千切りキャベツなど添えられぬ価格だ。

「ほんとは部長さんに持ってきた賄賂《わいろ》なんだけど、部長さん、料理しないって言うからさあ」

「賄賂？」

「うん。来月出す新聞のために、取材させてもらおうと思って」

熊沢さん、ご卒業は――と問いかけ森司はやめた。

そういえば熊沢は、六年制の歯学部である。まだ新聞部部長の座は明けわたさず、ばりばりやる気らしい。

「もうすぐ四月だもんね。新入生のために、雪大の名物学生や名物サークルをいろいろ紹介すべきかと」

「ああ、オカ研を載せてくれるんですか」

コーヒーを自分のカップに注ぎ、席につきながら森司は相槌《あいづち》を打った。熊沢が黒沼部長を親指で示し、

「それだけじゃなく〝名物学生〟の黒沼コンビと、その研究もね」

と微笑む。

黒沼従兄弟《いとこ》コンビは現在、理学部と農学部の垣根を越えて合同研究をしているという。研究テーマは、新種のジャポニカ種稲禾《とうか》だそうだ。

「つまり、稲の新種を研究開発してるってわけ」

部長が説明を添えてくれた。

「いろいろ試してはいるけど、いま一番力を入れてるのは暑さと水不足に強い稲。ここ数年の猛暑は、ほんと異常だからね」

「普通に役立ちそうなテーマですね」

思わず森司は本音を洩《も》らした。

「てっきり部長のことだから、もっと素《す》っ頓狂《とんきょう》な研究をしているのかと」

「八神くんはぼくをなんだと思ってるの？　まあいいや」

部長が熊沢に向きなおる。

「四月号の新聞には、他にどんなサークルや学生を載せる予定？」

「野球やテニスなんかのメジャーどころは、ほっといても人が集まるのでね。マイナーな文系サークルを紹介しようと思ってます。落研、漫研、映研は当然として、陰謀論研究会、クソゲー愛好会、佐渡《さど》おけさ研究会などですね。学生のほうは医学部の名物TAとか、ミス&ミスター雪越とか……あ、そうだ」

指を折りつつ挙げていた熊沢が、ふいに森司を見やる。

「名物カップルは法学部の山田《やまだ》さんと佐藤《さとう》さんを予定してたんだけど、じつはあの二人、別れちゃってね」

「えっ！　山田さんたち別れたんですか」

森司は瞠目《どうもく》した。

「なんか、方向性の違いだとかで」

「バンドの解散理由みたいですね」

「だから繰り上げ当選扱いで申しわけないんだけどさ。ここは是非、八神くんと灘さんを紹介させてもらおうかと」

「待ってください」

すかさず森司は話の腰を折った。

「おれたち、付き合ってませんが」

「そうなの？　でも時間の問題でしょ」

「秒読み段階だね」

部長までも合いの手を入れる。

「いや、ほんと待ってください」

森司は抵抗した。

「いま微妙なんです。なんと言いますか、デリケートな時期なので、そっとしておいてほしいというか、しばらくはご放念いただきたいというか」

「でもほっといたら、きみたちいつまでも付き合わな——」

「部長はお静かに！」

ぴしゃりと森司は封じ、熊沢に向かって身をのりだした。

「だいたいあれですよ。ほら、多様性の時代じゃないですか。もうベストカップルとか、そういうの古くありません？　現代の中高校生は、恋愛や結婚に興味ない子も増えてるって聞きますよ。新入生に古い価値観を植え付けるのはよくないです」

「いいや違うね。多様性の時代だからこそだよ」

熊沢が即答した。

「確かに恋愛や結婚に興味ない子はいる。昔に比べ、増えているかもしれない。もちろんそういう子は、無理に恋愛しなくていい。しろと言う気もない。でもその一方で、彼氏や彼女がほしい子たちだってしっかり一定数いるんだよ」

非常に滑舌のよい、明朗な演説であった。

「この現代には選択肢が多すぎる。自分がなにをしたいのか、今後どう動くべきなのか、思いまどう若者とて多かろう。おれたちも通ってきた道だからよくわかる。だからそんな迷える新入生のために、各ロールモデルを呈してあげるのが、人生の先輩であるわれわれの役目じゃないか。恋愛もまたそのひとつなのだよ」

「なるほど」

森司はあっさり得心し、うなずいた。彼は思考の柔軟な男であった。悪く言えば単純で、流されやすかった。

だがしかし、今日は流されてはいけない——と慌てて気を取りなおす。

「で、でもいまは駄目なんです。どうかご勘弁を」

「まあまあ。そう言わず取材させてよ。野菜あげたじゃない」

「うっ……」

森司は言葉に詰まった。

しかし野菜の袋を握った手は離せなかった。とくにフルーツトマトは手ばなしたくなかった。こんなお高いもの、自費ではとうてい買えない。

熊沢がさらに追撃する。

「だいたいきみたち、過去にはタウン誌のベストカップルコーナーに載ったらしいじゃない。タウン誌はよくて学生新聞は駄目なの？　そういうの差別だよ、よくないよ」

「うう」

「バレンタインは二人で過ごしたんでしょ？　ホワイトデイはどうするの？」

「そ、それはですね」

熊沢の猛攻にたじろぎつつ、森司はようやく反駁《はんばく》した。

「すみません。ホワイトデイに関しては、秘密事項なんです。せめて取材は、十四日以降でお願いします！」

両掌《りょうて》を合わせ、森司は熊沢に頭を下げた。必死であった。

熊沢が「ふむ」と鼻から息を抜く。

「わかった。じゃあ十四日以降ね」

鷹揚《おうよう》に言い、彼はキッシュをつまんだ。

「頼んだよ？　もし取材させてくれなかったら、こっちでネタをすっぱ抜いちゃうからね？　あることあること書いて、強引に仲を進展させちゃうよ？」

その向かいで部長が、

「ま、それもいいかもね」とのんびり言った。

第一話　さよならカサブランカ

HAUNTED CAMPUS

1

シネマバー『天井桟敷《てんじょうさじき》』は、最寄りのバス停から徒歩五分。

歓楽街のモールに入ってまっすぐ進み、チェーン居酒屋の看板が途切れたあたりで、ふっと目に入る鉛筆ビルの地下に居を構えている。

やや奥まったところに入り口があるせいだろう。「わかりにくい」「探しづらい」とよく言われる。白地に黒のフォントで『天井桟敷―du Paradis―』と書いただけの四角い看板も、見つけにくいと一見《いちげん》さんにはかなり不評である。

しかし店のオーナー兼マスターは、あらためる気はかけらもないらしい。

それもそのはず、採算度外視でやっている趣味の店なのだ。

市内のあちこちに有料駐車場やマンションを持つこのマスターは、大の映画好きかつ酒好きで、

「酒をじゃんじゃん飲みながら、同好の士たちと映画を観たい！　若者ともお年寄りとも、いろんな人と観たい！　ただし上映するのは、ぼくの好きな映画だけ！」

というコンセプトのもと、この場所にシネマバーを立ちあげたのが、十二年前のこと

である。

――いまやすっかり〝知る人ぞ知る〟系の店だ。

と独白しつつ、可児《かに》はカウンターを乾拭《からぶ》きする。

彼がここ『天井桟敷』のバーテンダーとなって、早《は》や九年目である。まあ、居心地は悪くない。給与もそれなりなので不満はとくにない。

――なにより、カクテルの分野には口出しされないのが嬉《うれ》しい。

上映する映画に合わせ、カクテルのメニューも変えたらどうか、と言いだしたのは他ならぬ可児だ。

そのアイディアは即採用された。以来、映画をモチーフにしたカクテルも、店の売りのひとつとなった。

さいわい、彼のオリジナルカクテルはSNSで数回バズった。その余波で、最近は店の営業を予約限定に切り替えた。そうでないと、客がさばききれないのだ。

相変わらず世は不景気だ。しかし人は、推しだの趣味だのにならら金を惜しまぬようになった。ニッチな店ほど生き残っていける風潮は、まことにありがたい。

ドアベルが鳴った。

入ってきたのは、今夜はじめての客だった。

「いらっしゃいませ」

可児はカウンターの中から一礼した。

「すみません。二名で予約した八神ですが……」

はじめて見る顔だ。

マスターが立ちあがり、いそいそと出迎えに走る。

客人は、二十歳前後に見える青年だった。社会人ではないだろう、いかにも雰囲気が学生である。

ショート丈のコートもスキニーパンツも、お世辞にも高級品ではない。その代わり清潔感に満ちていた。この年頃の青年にしか出せないクリーンな健全性が、全身から立ちのぼっている。

「お待ちしておりました。奥へどうぞ」

コートを受けとったマスターが、手で席を示す。

「ご注文はいかがいたしましょう?」

「あ、連れが来てからでもいいですか。すみません」

緊張もあらわに八神青年が言う。

——大学生だろうな。可愛いな。

可児は微笑ましく思った。

酔っぱらって騒ぐ大学生はお断りだが、あの手の純朴そうな青年なら大歓迎だ。きっと今夜のイベントを、彼女と楽しむために来てくれたのだろう。

「よろしければ、メニューなどご説明いたしますが」

「お願いします」

　マスターの言葉に、ほっとした様子で八神青年がうなずく。頬が紅潮して、ますます可愛らしい。

　ここ『天井桟敷』の店内でもっとも目を惹《ひ》くのは、西側の壁いちめんの大きなプロジェクタースクリーンである。

　座席やテーブルはすべて、そのスクリーンに向けて設置してある。二人客なら並んで腰かけ、それ以上の人数ならばL字形のソファに座ることになる。

　そうした客たちのテーブルと、酒壜《さかびん》の並ぶ棚や樽《たる》生ビールのサーバを隔てるのは、欅《けやき》の一枚板のカウンターだ。

　内装は映画の色彩を邪魔せぬよう、基本的にモノクロと木目で統一してある。ストゥールもソファの革張りも、床も漆黒。天井と壁はオフホワイトである。

「失礼ですが、お客さまは二十歳を過ぎておられますか？」

「あ、はい。もちろんです」

　おしぼりで手を拭《ふ》きながら、八神青年が請けあった。

「それでは、アルコールメニューも込みで説明させていただきます。えー、今夜はホワイトデイイベントです。テーマは名画『カサブランカ』となっております。主演はハンフリー・ボガートとイングリッド・バーグマン。一九四二年公開。監督はマイケル・カーティスです」

マスターが滔々《とうとう》とよどみなく語る。

「あちらのプロジェクタースクリーンで『カサブランカ』を映しつつ、お酒と軽いお食事を楽しんでいただきます。お酒は映画と同名のカクテルの他、作中に出てくるフレンチ75、コルドンルージュ、コアントロー、シャンパーニュ・カクテルなどをご用意しております」

語りの途中で、新たな客が入ってきた。

可児は一礼した。

「いらっしゃいませ」

「やあ、一人で来ちゃって悪い。連れが残業で遅れるらしくてさ」

常連の池亀《いけがめ》であった。

勝手知ったるという様子で、案内を待たずカウンターのストゥールに腰かける。

「待たなくていいって言われたから、お言葉に甘えて飲んじゃうわ。バーテンさん、おすすめはなに?」

可児は答えた。

「今夜はやはり、シャンパンを使ったカクテルですね。『カサブランカ』に出てくるシャンパーニュ・カクテルは角砂糖をシャンパングラスに沈めて泡を出すだけですが、当店オリジナルのおすすめはグリーン・ミモザです」

「じゃあそれ」

池亀の背後では、マスターの八神青年へのプレゼンがつづいていた。

「ホワイトデイイベントということで、もちろん甘いデザートも用意しております。コアントローを使ったオランジェット、シフォンケーキ、洋梨のコンポートなどです。詳しくはこちらのメニュー表をご覧ください」

「あのう、デザート以外の料理もありますか」

おそるおそる、といったふうに八神青年が問う。

「ええ。ですが当ビル三階のイタリアンと、四階の中華料理店からの出前になります。それでよろしければ、生ハムとチーズの盛り合わせ、各種ピザ、海老《えび》および蒸し鶏《どり》の冷製などをご注文により配達させます」

「もちろん全然かまいません。よかった」

青年が胸を撫《な》でおろす。

マスターが彼に尋ねた。

「ところでお客さま、『カサブランカ』をご覧になったことは?」

「えーと、かなり昔ですけど、NHKでやったとき家族で観ました。でも小学生だったからなぁ。半分も意味がわかってなかったと思います」

「ほう。ご家族で映画を観る習慣が?」

「習慣なんて、たいそうなもんじゃないです。ごくたまにでした。『大脱走』とか『十二人の怒れる男』は十四、五歳で観ても面白かったけど……名画でもフランス映画とかは、この歳でもわかる自信ないです。すみません」

「いえいえ、そんな。謝らないでください」

マスターは終始にこにこ顔であった。

どうやら、八神青年の素直な話しぶりが気に入ったらしい。マスターの大好きな『大脱走』を彼が誉めたことも高ポイントだったろう。

その間に可児は、池亀のグリーン・ミモザを用意した。

一般的なミモザはシャンパンとオレンジジュースのカクテルだ。だがグリーン・ミモザは贅沢《ぜいたく》にも、シャインマスカットの一〇〇%ジュースを使う。シャンパンとジュースを一対一の割合で入れ、しっかりとステアする。

またもドアベルが鳴った。

「いらっしゃいませ」

入ってきたのは、ソファ席の予約客だった。池亀と同じく常連の、月形《つきがた》である。事前に「両親と祖母と一緒だ」と聞かされていたとおり、彼は五十代後半とおぼしき男女と、車椅子の老婦人を連れていた。

八神青年への説明を終えたマスターが、慌てて彼らのもとへ飛んでいく。

「いらっしゃいませ。コートをお預かりいたします」

「お願いします。いつも、うちの章登《しょうと》がお世話になっているそうで」

母親らしき女性が深々と頭を下げて挨拶《あいさつ》した。月形が「おい、やめてくれよ」と高校生のように赤くなる。

――そうか。月形さまは、章登って名前だったか。

シェイカーを振りながら可児は思った。五年以上の付き合いだが、下の名ははじめて知った。

「今夜の『カサブランカ』は、月形さまのリクエストでしたよね」

「祖父が好きだったんですよ」

ソファに寄せた車椅子を輪留めし、月形がうなずく。

「明後日《あさって》は祖父の一周忌でしてね。祖父は大の映画好きで、とくにハンフリー・ボガートの大ファンだった。ぼくが十代から映画ばかり観てたのも、恥ずかしながら祖父の影響です。命日の前に、もう一度家族で『カサブランカ』を観ておきたくて」

「それはそれは。素敵ですなあ」

マスターが目じりを下げて微笑む。

池亀のグラスに可児はグリーン・ミモザを注いだ。

ドアベルが鳴る。

「いらっしゃいませ」

今度の客も常連だった。幡多《はた》夫妻だ。

笹乃《ささの》夫人のほうは、すっかり大きくなったお腹を厚ぼったいロングコートに包んでいる。確か、そろそろ八箇月になるはずだった。

「あれ、お二人で予約のはずじゃ……」

夫妻の後ろに立つ黒い影に、マスターが怪訝《けげん》な顔をした。

夫の幡多氏がマフラーをほどき、かぶりを振る。

「いや、ちょうどそこで、『天井桟敷』の入り口はどこかと訊《き》かれたもんでね。案内がてら一緒に来たんだ」

「それはそれは」

幡多夫妻に次いで、その〝案内された〟二人組が入ってくる。

「えー、二名の黒沼で予約した者です」

ホワイトデイだというのに、意外にも若い男性同士だった。

凸凹《でこぼこ》コンビ、という死語を使いたくなるような二人組である。

一人は天井に頭をぶつけそうな長身で、殺し屋のような黒のロングコート。アジア人離れした彫りの深い容貌《ようぼう》をしている。

もう一人は相棒より三十センチ近く背が低く、顔より大きな眼鏡ばかりが目立つ。店の内装や巨大なプロジェクタースクリーンに、子どものように目を輝かせている。

――ホワイトデイに、友達同士……か？

可児は内心で首をかしげた。

昨今は予約もＬＩＮＥやメールになり、常連以外の客は雰囲気をとらえづらくなった。

まあ店を気に入ってくれるなら年齢性別は問わないが――と思っていると、

「部長！　泉水さん！」

八神青年が振りかえり、凸凹コンビに向かって叫んだ。

「なぜお二人がここに？」

「八神くんこそなんで？」

「いやいやいや」

青年が激しく首を横に振った。

「部長がアドバイスしてくれたんじゃないですか。こよみちゃ……じゃなくて灘の好きなものは、絵画、本、写真、映画。とくに古い映画だって」

「え――。あ、そっか。今日はホワイトデイか」

部長と呼ばれた背の低いほうが、己の額《たた》を叩《たた》く。

「ごめんごめん、わざとじゃないよ。きみらの邪魔するつもりで来たわけじゃない。偶然だから。ほんとマジで偶然」

「お二人とも、映画を観に来たんですか？」

「いやじつは、えーと」

部長が言いよどみ、声を低める。

「このビルの二階のショットバーがね。〝出る〟らしいんだ。熊沢くんから教えてもらったんだけど、そのバーは二十一時開店なんだよ。さすがにお腹空《す》いちゃうんで、こちらのお店で映画を観つつ開店を待たせてもらおうかと……」

――なんだって？

ラム酒の罎《びん》を拭《ふ》きつつ、可児は眉《まゆ》をひそめた。

――〝出る〟だと？　お化けがってことか。馬鹿馬鹿しい。

確かにそんな噂は、可児自身も何度か耳にしたことがある。

だが不快の一言だった。バーテンダーでありながら国立大理系出身の彼は、そういった非科学的な話がどうにも性に合わない。

――あの二人組は要注意だな。

眉間《みけん》の皺《しわ》を指でならし、そう心に刻む。

可愛い八神青年も迷惑がっているようだし、いざとなればご退店願う必要があるようだ。いくら採算度外視とはいえ、この手の店は評判が命である。マスターとも、情報を共有しておかねばなるまい。

ドアベルが鳴った。

「いらっしゃいま……」

言いかけた語尾が消える。

重い扉を開けて入ってきたのは、一輪の可憐《かれん》な花だった。

夜目にも眩《まぶ》しい、つややかな黒髪のショートカット。ややレトロな丸襟のウールコートに、革のアンクルブーツ。

潤んだ大きな瞳《ひとみ》が印象的だ。童顔で幼く見えるが、まさか十代ではあるまい。ファッションからして、おそらく大学生だろう。

「灘！」

八神青年の顔がぱっと輝いた。

――ほう。彼女が〝こよみちゃん〟か。

やるじゃないか青年、と可児は内心でにやりとした。

ようやくホワイトデイイベントに似つかわしい、初々しいカップルが揃ってくれた。

これはシェイカーの振るい甲斐《がい》がありそうだ。

しかしコートを脱ぐ前に、こよみは店内を見て瞠目《どうもく》した。

「え、部長？　泉水さん？」

「ごめん！」

部長がいち早く叫んだ。

両掌を合わせて、八神青年とこよみを交互に拝む。

「邪魔しない。絶対にきみらを邪魔しない。だから上の開店までここにいさせて。ほんっとにごめんね！」

2

録音済みのアナウンスが、店内に低く流れている。

「本日はご来場、まことにありがとうございます。携帯電話などはマナーモードにするか、もしくは電源をお切りください。地震発生時には……」

なお、ほんとうに携帯電話やスマートフォンの電源を切れと命じているわけではない。あくまで雰囲気を盛りあげるための舞台装置である。

そんな中、可児はグラスの曇りを確認しつつ、みずからを戒めていた。

――いかんいかん。ついつい八神青年たちを見てしまう。

スクリーンを向いて密着して座らねばならない二人掛けソファに、八神青年とこよみ嬢はあきらかに戸惑っていた。

それはそうだろう。ちょっと動けば、膝《ひざ》や肘《ひじ》が触れ合う距離だ。手の置き場、足の位置にいちいち気遣う必要がある。テーブルも狭く、メニューを取ろうとすれば、そのつもりはなくとも手と手が触れてしまう。

――すでに付き合ってる仲ならいい。

だが、どう見ても彼らはそうじゃない。現にバッグの置き場ひとつ決めるだけでも大騒ぎだった。

「灘、こっちに置けるよ。スペースがある」

「いえ大丈夫です、足もとに置きます」

「でもほら……あ、ごめん」

「わたしこそ、すみません」

「触るつもりじゃ……。ほんとうにごめん」

「いえ、わたしが変な姿勢をしていたからです。それより先輩、メニューを……あぁっ、すみません」

「うっ……。いや大丈夫」

「し、失礼しました」

「いやいいんだ。大丈夫、おれならほんと大丈夫」

ひと悶着《もんちゃく》どころではない。傍《はた》で見ているこっちが「ああああ！ むず痒《がゆ》い！」と叫びたくなってくる。可児はにやけそうな口もとを無理に引き締め、上階に頼む出前を確認した。

ようやくバッグの置き場所が決まったか、八神青年がマスターに質問する。

「あのう、カサブランカってどんなカクテルですか？」

「ホワイトラム、パインジュース、グレナデンシロップを使ったカクテルです。やや甘めで、度数も高めですな」

「甘くないカクテルはあります？」

「はい。フレンチ75はどうでしょう。シャンパン、ジン、レモンジュースを用います。シュガーシロップ入りが一般的ですが、シロップ抜きで頼むお客さまもおられます」

「じゃあおれ、それで。灘は？」

「わたしも同じのを」

一言ごとにうなずきあい、恥ずかしそうに目を見交わす二人があまりに眩しい。「ああ、おれにもあんな時代があったなあ」と可児はつい遠い目になってしまう
次いで凸凹《でこぼこ》コンビの大きいほうはバーボンを、ちいさいほうはグリーン・ミモザをオーダーした。ちなみにジュースをグレープフルーツに変えればホワイト・ミモザで、世界的にポピュラーなカクテルである。

四人に酒を出す前に、可児はいちおう身分証明書を提示してもらった。凸凹の大のみ運転免許証を出し、それ以外は学生証であった。

――おいおい、まさかの後輩かよ。

懐かしい大学の名に、またしても顔が緩みそうになる。内頬を嚙《か》んで、可児はなんとか我慢した。

八神青年のフルネームは〝八神森司〟だった。可児の脳内で、彼の名が八神青年ではなく〝森司くん〟に上書きされる。

こよみ嬢はすでに承知のとおり〝灘こよみ〟だ。

そして凸凹の大は〝黒沼泉水〟で、小のほうは〝黒沼麟太郎〟であった。ちっとも似ていないが、同姓だからきっと親戚《しんせき》だろう。

マスターには「あの凸凹は、ショットバーの〝出る〟噂が目当てらしい」とすでに報告してある。だがマスターはとくに問題にしなかった。

「大丈夫だよ。あれは、店内で騒ぐ輩《やから》の雰囲気じゃない」

と涼しい顔だ。

「とくに背の高い子はいいねえ。若い頃の三船敏郎《みふねとしろう》に、顔がちょっと似てる」

「顔は関係ないでしょう」

可児は呆《あき》れた。

「お化け目当てだなんて、迷惑系配信者かもしれない」

「大丈夫だって。それに〝出る〟って噂があるのはほんとなんだしさ。あそこ、べつに事故物件でもなんでもないのになあ」

とマスターは首をかしげ、それで話は終わった。ビルのオーナーなのだからもっと評判を気にすべきと思うが、金持ちというのはまったく呑気《のんき》だ。

月形家の三人は、G・H・マムのコルドンルージュを頼んだ。

「おばあさまは？」

マスターが問う。

すると車椅子の老婦人は、舌をもつれさせながらも断固として言った。

「わたしぁ、おばあしゃま、という名でぁ、ありましぇん。……月形、ハル子《こ》、と申しやあす」

結局、彼女のみノンアルコールのマスカットジュースと決まった。

「母ときたら、脳梗塞《のうこうそく》で半身麻痺《まひ》になってもこの調子ですからね。でも一年前に死んだ父は、対照的に陽気な人でした」

気まずい空気を取りなすように、月形の父が言う。

「さっき章登が言ったとおりです。父は映画好きで、ボガートの大ファンでした。『ボギーこそ、世界一のいい男だ』といつも言っていましたっけ」

懐かしそうに目を細める。

横から月形章登が口を挟んだ。

「だから葬儀の際は、ボガートと祖父を並べて合成したポートレートを、フォトショで大急ぎで作ってね。祭壇の横に飾ってもらったんです。孫一同の企画ですよ。じいちゃん、あの世で喜んでくれたかなあ……」

しんみりと言う孫の横で、老婦人が盛大に「ふん」と鼻を鳴らす。その場の全員が、聞こえなかったふりをした。

幡多氏もコルドンルージュを頼んだ。夫人は妊娠中ゆえ、もちろんジュースだ。池亀はバーボンを注文した。

全員にグラスが行きわたった頃、ちょうど出前が届いた。マルゲリータ、ジェノベーゼなどのピザ各種。生ハムとチコリのサラダ。平目のカルパッチョ。海老《えび》と帆立の辛味炒《いた》め等々が、各テーブルに届けられていく。

開演前のブザーが鳴った。

ふっと照明が落ちる。

アナウンスもどきが再度流れだした。ただし今回は、音量をぐっと上げてある。

「本日はご来場、まことにありがとうございます。携帯電話などはマナーモードにするか、もしくは電源を……」

ここ『天井桟敷』で上映する映画は、基本的に常連のリクエストおよびマスターの好みで決まる。その代わり、ジャンルも新旧も問わない。

先週は大ヒットしたインド映画『RRR』を三日連続で流したし、その前はダリオ・アルジェントの『フェノミナ』をはじめとするホラー特集。さらにその前は、一週間を通して『女囚さそりシリーズ』を上映した。

「しーっ」

マスターが唇に指を当てる。

それを合図に、可児は照明をもう一ランク落とした。

映画館内ほど真っ暗ではない。手もとや足もとは十二分に見える。しかしスクリーン以外の遠くは無理、といった程度の暗さである。

満を持して、名画『カサブランカ』の上映がはじまった。

3

まず画面に映ったのは、お馴染《なじ》みワーナー・ブラザース・ピクチャーズのマークだ。

そして主演二人のクレジットのあと、『カサブランカ』のタイトルが大写しになる。

次いでナレーションで、

〝ときは第二次大戦中。アメリカへ亡命したいヨーロッパの人々は、中継地リスボンを目指す。だが出国ビザが買えるのは金持ちだけで、多くの者はフランス領モロッコの都市カサブランカで足止めを食っている〟

との背景が説明される。

白黒映画である。映画の舞台となるカサブランカは、見るからに暑そうな街だった。しかし男たちは軍服や背広をぴっちり着こみ、帽子までかぶっている。

ハンフリー・ボガートが映るのは、はじまって十分近く経ってからだ。

――何度見ても、不思議な魅力だよな。

氷を薄く削りながら可児は思う。

ボガートはけっして美男子ではない。長身でもないし、スタイルだってよくない。声がいいわけでもない。

――だが、存在感がある。

彼がそこに立っているだけで、観客の視線は自然とボガートに吸い寄せられてしまう。シニカルな眼差《まなざ》し。まっすぐで太い鼻筋。ほぼつねに刻まれている眉間《みけん》の皺《しわ》。

たいていの二枚目俳優は、ボガートのそばに立つと線が細く薄っぺらに見える。ボガートだけが、重厚な真の男であるかのように映るのだ。

そんなボガートの当たり役だけあって、この映画の主人公リックも、クールで渋いタフガイだ。リックが経営する店には亡命志望者たちがたむろする。彼は金にものを言わせるいやな客を一蹴《いっしゅう》し、次いで酒場の美女と有名なやりとりをする。

「昨夜はどこにいたの？」

「そんな昔のことは忘れた」

「今夜会える？」

「そんな先のことはわからない」

つまり登場からたった数分で、リックが金では動かないこと、女にモテること、さらりと粋な台詞《せりふ》を吐く男であることを観客は理解するのだ。

ちなみに可児はこの映画の恋愛パートより、店に集まる人々のシーンが好きだ。ピアニストのサム、ルノー警察署長、客の老夫婦、リックに振られる美女、怪優ピーター・ローレ演じる通行証の密売人。みな雑多で魅力的である。

――とはいえ、楽しむのはあくまでお客さまだからな。

可児の感想などどうでもいいことだろう。

彼としては、ここはやはり八神森司くんの反応を見たかった。とくに、有名な「きみの瞳《ひとみ》に乾杯」のシーンでどんな反応を示すかが見たい。

ムードに押されて、こよみ嬢の肩でも抱くだろうか。それとも逆に照れてしまって、なにもできないか。可児としては前者を期待したかった。

ここで映画に話を戻せば、ヒロインのイングリッド・バーグマンは、ボガートとは逆に典型的な美人女優として登場する。

可児は、ヒッチコック映画のバーグマンは好きだ。しかし『カサブランカ』の彼女はあまり冴《さ》えない、とひそかに思っている。なぜならこれはボガートの映画だからだ。この映画では、彼女はダンディズムの引き立て役に過ぎない。

「あの曲を弾いて、サム」

バーグマンがピアニストにそうねだる。

やはり有名なシーンで、ウディ・アレンがのちにこの台詞をもじった『Play It Again, Sam』というタイトルでコメディ映画を撮った。ちなみに邦題は『ボギー！　俺も男だ』。

ハンフリー・ボガートの立ち位置は、邦画における高倉健《たかくらけん》と似ている。臆面《おくめん》もなく女といちゃつく二枚目より、古い恋のため痩《や》せ我慢をする渋さに、世の男たちは共感して痺《しび》れたのだ。

――ボギーこそ、世界一のいい男……か。

可児は、池亀にバーボンのおかわりを注いだ。

幡多氏も二杯目はバーボンに切り替えるらしい。いまのうち、新たなグラスを用意しておく。

スクリーンでは、バーグマン演じるイルザがリックに語りかけていた。

「わたしたちが最後に会ったのは……」

リックが答える。

『オーロラ』でだ。ドイツ兵は灰色の軍服。きみは青いドレス」

そのときだった。

モノクロのはずの画面に、ぱっと青が刷《は》かれた。

イルザのドレスであった。一瞬、白から青に変わったように見えた。可児は目をしばたたいた。

だが彼の見間違いではなかった。その証拠に、

「あれ？」

「いま、一瞬カラーにならなかった？」

と客たちの間からも声が上がった。

可児はカウンターから身をのりだし、マスターにささやいた。

「データに彩色したんですか？」

「まさか」

マスターが困惑顔で否定する。

「そんな馬鹿な真似、するわけない」

だよな、と可児も納得した。マスターは好事家だが、映画によけいな手を加えるような野暮天ではない。

可児の視界の端で、森司が動いた。

腰を浮かして背後を振りかえっている。凸凹《でこぼこ》コンビこと雪大の先輩たちを見ているようだった。正確には泉水のほうを、だ。

——なんだ？

可児はいぶかった。

森司の挙動に、なにか引っかかるものを感じたのだ。

だがすぐに気はそれた。月形家の母親が、手を挙げてマスターを呼んだせいだった。

「すみません。おしぼりを……」

「ああ、ただいま」

マスターが慌てて駆けつけた。車椅子の祖母、ハル子がグラスを倒したらしい。

その間にも映画はつづいていた。

リックとイルザが、パリで楽しく過ごした過去が次つぎ映しだされる。凱旋門《がいせんもん》の前をドライブ。船遊び。二人きりの部屋で、リックがシャンパンを開ける——。

そのときだ。

突然、ノイズが走った。

画面が大きく横にぶれる。全編モノクロのはずの映像に、またも色彩が刷かれる。その色は、やはり青だった。

次の瞬間、イルザのスタイルが変わっていた。

第二次大戦中のクラシカルな髪型ではない。けっして新しいとは言えないが、一九四

○年代の流行《はや》りほど古くない。あざやかな青のカチューシャ。そして白地に青いストライプの、ノースリーブワンピース。
——あの衣装、見たことがある。

可児は思った。

だが、どこでだったか思いだせない。確かに記憶にあるのに、ぱっと口にできない。もどかしい——。

そのとき、明瞭《めいりょう》な声が空気を裂いた。

『ローズマリーの赤ちゃん』だ」

森司たちに「部長」と呼ばれていた青年である。

画面を指さし、マスターに向かって叫ぶ。

「ね、そうでしょ? ヒロインのローズマリーが、お隣のカスタベット家のディナーに招待されたとき着てた衣装ですよ」

「え? あ、はい」

おしぼりを手に中腰のまま、マスターが目を白黒させる。

スクリーンは、やはりノイズがひどい。いまやほとんど砂嵐と言ってよかった。画面の大半は、ちらちらと瞬く横線で覆われている。イルザとリックの台詞も切れ切れにしか聞こえない。

きみは何者で、どこでなにをしていたのかと尋ねるリックに、

「な……も……かない約束……」

答えるイルザの声が消え入る。もっと甘い、やや幼さを帯びた声音に変わる。

「……わたし、……時に寝たの……？」

と問う英語にすり替わる。

──おい、ちょっと待て。

自分はこのつづきを知っている。可児は耳を澄ました。

──〝部長〟くんの言ったとおりだ。『ローズマリーの赤ちゃん』だ。

そう、そしてこの問いに答えるのはローズマリーの夫である。「きみは寝たんじゃなく、酔っぱらって気絶したんだ。でも子作りはちゃんとしたよ」と彼女の体に残る異様な爪跡を、乱暴なセックスのせいだと説明する場面──。

「失礼。どうも映画のデータがおかしいようです」

まだおしぼりを持ったまま、マスターがスクリーンの横で両手を広げる。

「どうも先週のホラー特集で上映した、『ローズマリーの赤ちゃん』のデータが混ざってしまったようで……。データが混ざるだなんて、わたしもはじめて見聞きしました。しかしながら現実に発生しているらしい。たいへん申しわけございませんが、急遽《きゅうきょ》べつの映画を──」

「あっ！」

笹乃夫人の声が響いた。

可児もその声につられ、スクリーンを見やった。

ふたたび画面がぶれ、ノイズにまみれていたリックとイルザの姿が消える。

代わりに現れたのは、カラーの男女だった。

ブルーのネグリジェを着た妊婦。そしてスーツ姿の夫である。服装からして『カサブランカ』から二十年はあとに見える。

妊婦は夫に、なにかの本を見せていた。やはり見覚えあるシーンだった。

『ローズマリーの赤ちゃん』の一場面だ。悪魔崇拝の本を手に入れたヒロインが、自分の身に起こっていることを悟り、夫に問いただすシーンである。

可児は無意識に内頰を噛《か》んだ。

――でも、違う。

映画とは決定的に違う部分がある。

妊婦は、フリルとリボンのついた丸襟のネグリジェを着ていた。髪型は潔いほどのベリーショートである。

そこまでは映画のヒロインと同じだ。しかし。

――顔が、見えない。

確かに画面に映っている。なのに見えない。

認識できない、と言ったほうが正確だろうか。まるで突然、相貌《そうぼう》失認を発症したかのように彼女の顔がわからない。見えているのに見えない。把握できない。

だが黒髪なのはわかった。

映画のヒロイン、ローズマリーは金髪だ。しかしいま画面に映っている妊婦は、はっきりと黒髪だった。そのせいでよけい幼く、少年じみて見える。

対照的に夫のほうは後ろ姿だった。後頭部しか見えない。

本来の映画の夫は白人の色男である。だがこの夫は、体つきからして東洋人に感じた。全体の骨格や、首から肩にかけての線が細い。

「なんなの、これ……？」

笹乃の声がした。

「なに、なんなの？　マスターの悪ふざけ？　サプライズ？　だったらやめてよ。こんなの、なんだか——。い、いやな感じ」

まったくだ。可児は内心で同意した。

いやな感じだ。

わけがわからない。得体が知れない。理解できない。不気味だ。

だが、サプライズでないことはわかっていた。すくなくとも可児はなにも聞かされていない。当のマスターも、狼狽《ろうばい》顔で立ちつくしている。

——息苦しい。

蒸し暑い。喉《のど》が渇く。

可児はネクタイを緩めた。窓がない地下の店で、おまけに暖房が効きすぎだからだろう。呼吸が浅い。肺の中に、酸素が足りない。

蛇口をひねり、可児は手もとのグラスに水道水を注いだ。客用のグラスだが、かまわないと思った。

池亀も同じように感じたか、グラスを一気に干す。

「バーテンさん、おかわ……」

言いかけた声が消える。池亀は目を見ひらいた。

可児も瞠目《どうもく》した。

たったいま干したはずの池亀のグラスが、満たされていた。

注いだときのままに、二杯目のバーボンがグラスの中で揺れている。店の照明を弾《はじ》いて、鈍い赤褐色に光る。

呆然《ぼうぜん》と息を呑《の》む可児たちをよそに、

「マスター」

部長が片手を挙げた。

「いま、何時ですか」

「え？　ええと……。し、七時半を、すこし過ぎたあたりでは」

そのくらいだろうと可児も思った。

上映開始は七時だった。映画の内容からして、四十分ほど経ったはずだ。マスターにつられるように、彼も壁掛けの蓄光塗料付き時計を見上げた。

「え……、おい」

章登のつぶやきが、やけに大きく響いた。

「おい、どうなってんだよ。いま何時なんだ？」

可児は答えられなかった。

――文字盤が、読めない。

スクリーンに映る妊婦の顔と同じだ。見えているはずなのに、見えない。

時計の針は止まっていた。それは、わかる。短針と長針が指している角度もわかる。にもかかわらず、何時何分なのかわからない。脳が把握してくれない。

――なんだ？　いったいなにが起こっている？

戸惑う可児の真ん前で、池亀が携帯電話を取りだすのが見えた。時刻を確認するためだろう。だが池亀は呻《うめ》き、すぐに携帯電話をカウンターに放《ほう》った。

「読めない」

呆《ほう》けたような声が店に響いた。

池亀ではなく、幡多の声であった。己のスマートフォンを手に、彼は愕然《がくぜん》と目を見ひらいていた。

「画面に、数字はちゃんと表示されてる。なのに、読めない。何時だかわからない……。なんだよこれ、どうなってる？　おれの頭がおかしくなったのか？　いったいここで、なにが起こってるって言うんだ？」

立ちあがり、幡多はまずマスターを見た。

次いで可児を見やり、客たちを一人一人見つめた。そして最後に、店内をぐるりと見まわした。

その視線が、一点で止まる。

幡多が青ざめたのが、薄闇の中でもわかった。

色の失《う》せた唇が震えだす。わななきながら右腕が上がり、『天井桟敷』のたったひとつの出入り口を指した。

いや——正確には出入り口の方角を、だ。

そこに扉はなかった。確かにあったはずの扉が、消え失せていた。

4

「バーテンさん！　この店、非常口は!?」

池亀が噛みつくように怒鳴る。

「ないです」

反射的に可児はかぶりを振った。即座に「しまった。〝ございません〟と答える場面だった」と内省する。

だがさいわい、池亀も幡多も礼儀どころではなさそうだった。

「はあ？　どういうことだ」

「なんなんだ？」

「ドアなしに、どうやって出りゃいいんだ。なんで非常口がないんだよ」

と、狭い店内を右往左往している。

そんな彼らを後目《しりめ》に、黒沼部長が大きな独り言を言った。

「えーと、建築基準法では確か、三階より上に非常口の設置が義務づけられてるんだっけ？　この店くらいの規模なら、誘導灯があれば問題ないのかあ」

「そ、そうなんですよ。そのとおり」

マスターが勢いづいた。

「この店は十二坪しかないし、地下だし、だいたい消防法はちゃんと守ってます。定期検査だって、毎年受けている」

「法律の問題じゃねえよ」

池亀が食ってかかった。

「あんた、この店の経営者だろ。おまけにビルのオーナーだろ。客に対して責任があるんじゃないのか。こういう不測の事態に備えて、客が安全に出入りできるよう、万全の対策をしとくのがあんたの役目だろうがよ」

胸倉を掴《つか》まんばかりの勢いで、マスターに詰め寄っていく。

「ちょ、ちょっと。よしましょうよ」

割って入ったのは章登の父親だった。

「大きな声出さないでください。興奮したって、なんの足しにもなりません。落ちつきましょう。この場には年寄りだっているんですよ」

「はあ？　なんだあんた」

肩を怒らせ、池亀が振りかえる。誰彼かまわず嚙みつく彼に、今度は章登が声を張りあげた。

「あんたとはなんだ。人の親に向かって失礼だぞ。池亀さん、父に絡むのはやめろ」

「なに言ってる。絡んできたのはそっちじゃねえか」

「ちょっと、やめてくださいって。章登もよしなさい」

父親が必死で止める。

章登は舌打ちして引き下がった。だが池亀はおさまらない様子で、

「おい！　幡多さん、あんたはおれの味方だよな？」

と幡多に向かって喚《わめ》いた。

だが幡多は答えなかった。池亀の声が聞こえなかったのか、四方の壁を叩《たた》いたり、ノックしたり、はたまた床を蹴《け》ったりを繰りかえしている。その額には、じっとりと脂汗の玉が浮いていた。

――まずい。

可児はごくりとつばを吞んだ。

──このままじゃ、お客さまたちがパニックに陥る。

なにが起こっているのか、どうして巻きこまれたかは不明だ。いつ解決するかもわからない。だが諍《いさか》いやパニックが、プラスに働かないことだけは確かであった。

さいわい水や食料ならある。空気が欠乏することもあるまい。救援が来るまで冷静に、かつ助け合って過ごす以外すべはない。

「そうだ、救援」

可児ははっとして声を上げた。

「救援を呼びましょう。一一九番通報するんです。きっと助けが来ます」

「どこからだよ！」

池亀がつばを飛ばした。

「入り口の扉がねえんだぞ。助けが来たところで、どっから入ってくんだよ！」

「でも、なにもしないよりは……」

言いかけた笹乃にまで、「あんたは黙ってろ！」と怒鳴りつける。

「おい、妻になんて口を利くんだ！」

壁を叩いていた幡多が、急いで池亀の前に立ちはだかる。

汗にまみれた顔が真っ赤だった。

「妊婦に怒鳴るなんて、なにを考えてる！　三十週目なんだぞ。もし子どもになにかあったら、訴えてやるからな！」

「訴える？　ふん。ここを出れたら、の話だろ」

池亀が鼻で笑う。

そのとき、夫の背後で笹乃がよろめいた。

思わずといったふうに、手を大きな腹に当てる。その仕草に可児はぎくりとした。カウンターを慌てて突っ切り、スイングドアに手をかけた。

だが可児が駆けつけるより早く、笹乃を支えた白い腕があった。

灘こよみ嬢だった。

彼女は笹乃に肩を貸すようにして、近くのソファへと座らせた。可児は思わず、マスターと声を揃えて礼を言った。

「ありがとうございます」

「いいんです。それより」

こよみが背後を振りかえる。

その視線の先には、二人の青年がいた。森司と泉水だ。

なぜか二人とも、スクリーンを食い入るように見つめていた。

映っているのは例の、顔のわからぬ妊婦と夫である。時計の針と同じく、映像もその場面で止まっていた。

だが完全に停止していない証拠に、画面には激しくノイズが走り、スピーカーはときおり熱雑音やハウリングを発している。

森司も泉水も、奇妙だった。

スクリーンを見ているようで見ていなかった。すくなくとも可児はそう感じた。彼らの眼はスクリーンを超えて、背後のなにかを透かし見ていた。

「……お二人があの様子なら、出られるまでもうすこし時間がかかりそうです」

静かにこよみは言い、可児をまっすぐ見上げた。

大きな瞳《ひとみ》が彼を射貫《いぬ》く。

「ですからお願いします。お客さんたちをこれ以上怖がらせたり、混乱させたくありません。全員が無事に出られるまで、どうか協力してください」

「そ、——……」

それはもちろん、と可児が答える前に。

ぱぁん。

高らかな音が店内に響きわたった。

反射的に、可児は言いかけた言葉を呑《の》んだ。誰かが手を叩いたのだ——と気づくまでに数秒かかった。

「はーいはいはい。みなさん落ちついてください」

凸凹《でこぼこ》コンビの小ことと黒沼麟太郎部長が、店の中央でにこにこしていた。

妙に芝居がかった仕草で両手を広げる。

「いまの段階で、誰かを責めたって無意味ですよ。客同士の喧嘩《けんか》で打開できる事態じゃないですもん。たとえ法律だろうと建築法だろうと、社会のルールだろうと無理です。ましてや力業じゃどうにもできません。物理的に扉が塞《ふさ》がれたわけじゃあない。出入り口そのものが〝消えて〟しまったんだ。騒ごうが喚こうが、ないものはないんですからね」

「え——あ、いや、おい待てよ」

池亀がつかえながら言う。

あきらかに毒気を抜かれていた。と言うより黒沼部長の口調とたたずまいと、そして緊張感のなさに呆気《あっけ》に取られていた。

「待て待て。えーと、誰だか知らないけどおまえ、当たりまえみたいに言うなよ。扉が消えちまうなんて、常識で考えてあり得ないだろうが」

「でも、現に消えてますからねえ。まずそこを現実として受け入れましょう。その段階から否定してたんじゃ、話がはじまりません」

「はあ……」

池亀は口から大きく息を吐いた。その手が、無意識のようにグラスを摑む。彼は中身をひと息に呷《あお》った。

章登がちいさく「あ」と言う。

池亀も、はっとした様子でグラスを見た。

やはり中身が戻っていた。先刻と同じだ。飲みほしたはずのバーボンが、まったく同じ量だけグラスを満たしていた。

「くそっ！」

池亀はグラスを床に叩きつけた。

鋭い破裂音がした。笹乃が悲鳴をあげる。全員が反射的に、手で自分の顔と頭をかばった。

しかし、破片は誰のもとにも飛ばなかった。

割れたはずのグラスは、またカウンターに置かれていた。傷ひとつ、ひびひとつない。完璧《かんぺき》な造形のまま、ワンフィンガーのバーボンをたたえている。

かくり、と池亀の膝《ひざ》が折れた。

同時に心も折れたらしい。崩れるように、ぺたりとストゥールに腰を落とす。

彼は頭を抱えて呻《うめ》いた。

「どうなってんだ。……いったいなんなんだよ、おい……」

「というわけで、破壊行為はいっさい無駄なんです」

部長が肩をすくめた。

「ですから喧嘩も怒鳴り合いも破壊もやめて、もっと建設的な行動を取りましょう。えーと、さきほどバーテンダーの……」

眼鏡をずりあげ、部長が可児の名札に目を凝らす。

「可児さんですね。バーテンダーの可児さんが言われたように、まずは救援を呼べるかどうか試しましょう。では、ぼくのスマホから一一九番通報してみます」

言うが早いか、彼はポケットからスマートフォンを取りだした。よどみなく画面を操作し、一一九番を押してスピーカーに切り替える。

コール音が店内に響いた。

すぐに応答したのは男性の声だった。

「はい一一九番消防です。火事ですか、救急ですか？」

店内の空気が、一気に弛緩《しかん》した。

――助かった。

可児は思わずカウンターに手を突いた。安堵《あんど》で両足の力が抜けた。その場にしゃがみこんでしまいたい衝動を、ぐっとこらえる。消防隊員の声がこんなにも心強いとは、いまのいままで知らなかった。

「閉じこめられてしまったようです。地下の店です」と部長。

「場所はどこですか？　何町になりますか」

マスターが腰を浮かせ、叫んだ。

「古町《ふるまち》です！　古町通十五番町《じゅうごばんちょう》一七七八の『天井桟敷』！　第八ビルの地下！」

「繰りかえします。古町通十五番町の第八ビル地下に閉じこめられたんですね？　怪我人はいますか？」

「い、いまのところいません」

その後は「火事の心配はないですか」「ガスの元栓を締めてください」「あなたのお名前と電話番号は？」等、型通りの質問がつづいた。

ひとつひとつ答えるうち、マスターも客たちも落ちついていくのがわかった。目に見えて、恐慌がおさまりつつある。

池亀の顔には血の気が戻っていた。章登が両親の肩を、やさしく順に叩《たた》く。幡多が床に片膝《かたひざ》を突き、いとおしむように妻の腹部へそっと手を当てる。

最後に部長が消防隊員に尋ねた。

「ところで、いま何時ですか？」

隊員は答えた。

「……時……分です」

ぎょっとして、可児は息を呑んだ。

──聞こえない。

いや、聞こえた。聴覚は確かに、消防隊員の声をとらえたはずだ。なのに理解できなかった。あたかも脳が、いま何時何分なのか、知覚するのを拒んだかのように。

──まだ、終わっていないんだ。

通話を切り、部長が一同を見まわした。

「救援は呼べました。おそらくすぐに向かってくれるでしょう。ただ問題は——ぼくらにとって、いつ到着するかがわからない」

普段なら、意味のとれない言葉のはずだった。

だがそのときの可児にはわかった。理解できてしまった。

この店内はいま、時間の流れがおかしい。外界とは違う。齟齬《そご》がある。

消防が来るのが、おれたちにとって一時間先なのか、明日なのか、それとも一週間以上かかるのか、誰にも明言できない——。

「餓死するほど待たされる、とはまさか思いませんけどね」

部長が腕組みする。

「ともあれ一分でも早く出たいのはぼくも同じです。このままじゃ消防が来ても、中に入ってこれませんしね。扉がないんだから。というわけで、解決しましょう」

「か、かいけつ……？」

池亀が呆《ほう》けた声を出した。

「どうやって」

部長は答えず、泉水のほうを見やった。

「泉水ちゃん、どう？　どんな感じ？」

「前評判どおり、上階になにかあるのは確かなようだ」

天井を指して泉水が答える。

「とはいえ、これは八神の出番だな。おれより八神のほうが波長が合う相手だろう」

おい、と呼ばれた森司がゆっくりと振りかえる。

そのやはり右手が緩慢に上がり、プロジェクタースクリーンを指さした。妊婦とその夫を映したまま、いまだ止まっている画面を。

「――この人」

森司が言った。

「この人、生霊《いきりょう》です。――男か女か、年齢がいくつかもわからないけど、間違いなく生きてます。でも本人に生霊を飛ばしてる自覚がなくて、コントロールが利かない状態で……だから」

彼はうつろにつづけた。

「おれたちがいつ出られるのか、誰にもわかりません」

5

その後は小一時間、また悶着《もんちゃく》があった。

「生霊だと？　なにを馬鹿な」

「非科学的だ」

「ガキの悪ふざけはやめろ」

などと池亀を中心に揉《も》め、ひととおり小競り合いしたあと、結局は全員が疲弊して黙りこんだ。

なんと反駁《はんばく》しようが喚《わめ》こうが、現実に出口はなかった。

そして、何度飲んでもグラスはもとどおりに満たされた。食べたはずのピザもピースごと皿に戻った。

否定しても否定しても突きつけられる〝非現実的な現実〟に、彼らは白旗を掲げるしかなかった。

「……で、どうする」

池亀がぐったりと言った。

「もういい。わかった。生霊どうこうは信じる。受け入れるさ。で、その上でおれたちはどうすりゃいい？　どうしたら、この事態を打破できるってんだ？」

「原因を探しましょう」

部長が即答した。

「生霊というのは、情念の塊です。その情念が恨みにしろ恋慕にしろ、正気の状態ではできなかったことや、押しこめていた暗い欲望を発散するため出現する。つまり本体の念を晴れさせれば、怪異は終わって全員で戻れる可能性が高いです。それにはまず、生霊の正体および原因を突きとめなきゃあね」

シネマバー『天井桟敷』の中には、いま十三人いた。

幡多夫妻。池亀。月形章登と、その両親および祖母。マスター。バーテンダーの可児。そして雪大生の四人。

——この中の、誰が？

しかし、いち早く池亀が喚いた。

「突きとめるもなにも、正体なんか一択だろ」

と真横を指す。

人差し指の先は、まっすぐ幡多笹乃を示していた。

「この場に妊婦は一人しかいないんだから、彼女に決まってる」

「はあ？　おい待て。馬鹿言うな」

すかさず怒鳴ったのは夫の幡多だ。

「生霊ってのは、生きたまま化けて出るってことだろう。おれの妻がお化けになんかなるもんか。それに笹乃は理不尽な不平や、恨みつらみを抱く女じゃない」

「そんなのわからないだろ」

池亀が鼻を鳴らす。

「妊娠中の女性は、ただでさえ苦労が多い。腹がでかけりゃ体だってきついだろうし、自然と不満もつのるさ。知ってるか？　世のシングルマザーの約四割が、産後二年以内に離婚を決心してるんだってよ」

「馬鹿馬鹿しい。妻に不満なんかあるわけない」

「ちょっと、やめてよ」

ソファにもたれたまま、笹乃が叫んだ。

「どうしてあなたが、そんなこと断言できるの。わたしのことを代弁しないで」

「どうして、って」

幡多は一瞬絶句した。

だが即座に気を取りなおし、

「おい、おれはおまえの夫だぞ」と言った。

「夫だからなに。わたしのことは、すべてわかっているとでも？」

「わかってるさ」

幡多は反駁した。だがあきらかに、妻の反論にうろたえていた。

「というか、待てよ。なんでおれに怒るんだ。生霊だなんだと言って、おまえを侮辱したのは池亀さんじゃないか。おれは、おまえをかばったのに――」

「かばってほしいなんて言ってない」

笹乃は彼を遮った。

「池亀さんの疑いはもっともだし、わたし自身が説明して否定すればいいだけよ。わたしのことはわたしが答えるから、口を挟むのはやめて。こっちのつらさも苦労も、なにもわかっちゃいないくせに」

「つらさ？　はあ？　なんのつらいことがあるっていうんだ」

「ほらね、いつもそう」

笹乃が顔を歪《ゆが》めた。

「やさしくてものわかりがいいのは表面だけ。なんでも聞き入れるポーズを取るくせに、実際は全部『はあ？』ではねつける。『はあ？　不満なんかないよな？』『はあ？　そんな言いかたしたら母さんが悲しむぞ？』『おまえのためを思って言ったのに？』『ぼくが代わりに決めてあげたのに？』『はあ？　母さんを怒らせたら、損するのはおまえのほうだぞ』……もう、つくづくうんざり」

憎々しげに言い捨てる。

ぽかんと幡多が口を開けた。彼のその表情が語っていた。

こいつは誰だ――？

この女は誰だ？　笹乃じゃない。すくなくとも普段の彼女じゃない。おれがよく見知っているはずの妻は、どこへ行ってしまったんだ？　と。

「さっき、そこの男の子が『生霊本人には自覚がない』って言ったじゃない。それ、すごくよくわかる。生霊を飛ばした自覚なんてないけれど、わたしは〝自分じゃない〟なんて全然言いきれない。それどころか、わたしかもしれないって本気で思ってる。だって妊娠して以来、生霊になってあなたを困らせたい程度には、ずっと腹を立てているんだから」

地を這《は》うような声音だった。

言い終えてすぐ、彼女の体がふたたび大きくふらつく。急いで横から支えたのは、やはりこよみだった。

「笹乃」

幡多は駆け寄ろうとした。

「来ないで」

こよみの腕の中で、笹乃がぴしゃりと言う。

「いま、あなたに触られたくない。——来ないで」

幡多はその場に凍りついた。その頬は血の気が失《う》せ、いまや真っ白だった。

ふっと息をつき、笹乃がこよみに頭を下げる。

「ありがとう。妊娠性の高血圧なの。……ほんとは、こんなふうに怒鳴ったりしちゃ駄目なのに……。ごめんなさいね、迷惑かけて」

「そんな。迷惑なんかじゃありません」

いつもの笹乃夫人だ、と可児は思った。

いまこよみに向けている穏やかな顔は、可児がよく知る彼女である。

だが先刻、夫の幡多氏に反論していた笹乃は——あんな彼女の表情は、はじめて見た。

いつも無口で物静かな笹乃の、思いがけぬ一面であった。

——この空気のせいか？

可児は額の汗を拭《ぬぐ》った。

——店内を覆う、この息苦しさのせいもあるのか？

暑い。息が詰まる。何度エアコンの温度設定を下げても、気づけばもとに戻ってしまう。首から上が火照ってたまらない。

水を飲んでも、すぐにまた渇く。減らない水。減らない酒。閉塞感《へいそくかん》。焦燥。動かない時計。この空気に、誰もが影響されずにはいられない——。

「大丈夫です。笹乃さん」

そう言ったのは月形章登だった。

「ぼくは、笹乃さんのせいだなんて思ってません。あなたを信じてます」

L字形のソファからゆっくりと立ちあがり、彼が家族を振りかえる。

「ぼくが疑っているのは——、うちの祖母です」

「章登！」

父親が叫び、腰を浮かせた。

「なにを言いだすんだ、馬鹿な！」

「馬鹿だと？　父さんこそ、なに言ってんだよ」

章登が父を見やる。その目つきに、思わず可児は息を呑《の》んだ。

同じだ、と思った。ついさっき、笹乃が夫を睨《にら》みつけた眼とそっくりだ。いつも陽気でおしゃべりな月形章登とは思えない、ひどく暗い眼差《まなざ》しだった。

「じいちゃんの葬式を忘れたのか。あのときだって、おかしかったじゃないか。変なことがつづけざまに起こったのを、まさか忘れたとは言わせない」

「よしなさい、章登。そんな身内の恥を……」

「なにが恥だ！」

父親の手を振りはらう。

「恥なのは、ばあちゃんに気を遣ってばかりのおれたちだ。そんなに遺産がほしいのか。じいちゃんをまともに悼んでやるより、金のほうが大事なのかよ。そのほうが、よっぽどぼくは恥ずかしい！」

——やはりだ。

可児は指で衿《えり》もとをくつろげた。

やはりみんなおかしい。常とは違う。

刺々《とげとげ》しく、攻撃的なだけじゃない。日ごろ隠していたはずの胸の内を、やけにためらいいなくさらけだしている——。

「祖母は、建前は旧家のお嬢さまです……。建前はね。でも実際は、第一次大戦のにわか景気でのしあがっただけの、成金一家の生まれですよ」

章登が忌々しげに言う。

一方、車椅子に座った祖母は反駁《はんばく》しない。眉《まゆ》ひとつ動かさない。

「そのくせ祖母は、いつも祖父を馬鹿にしてた。『世が世なら、あなたとなんか結婚しなかった』『わたしが次女だからって、庶民とお見合い結婚させられて』と、ぶつくさ言ってばかりだった」

　そんな次女の祖母に訪れた転機は、家族の不幸だった、と章登は語る。

　長男長女である兄と姉が、流行《はや》り病で相次いで死んだのだ。あれよあれよという間に、財産は彼女の懐へ転がりこんだ。

「それまでもわがまま放題だった祖母は、さらに増長した。祖父は生きている間ずっと、祖母の機嫌をうかがってました。見てるこっちがつらかったですよ。偏屈でこだわりが強すぎる祖母とは対照的に、祖父はやさしく明るい人でした。いつも機嫌がよくて快活で、一族の太陽だった」

「……おじいさまがお好きだったんですね、あなたは」

　部長がしんみりと言った。

「でも去年、おじいさまは亡くなった」

「そうです。祖母が脳梗塞《のうこうそく》で倒れて以来、祖父は介護に明け暮れていた。祖母はヘルパーを雇うことを拒み、うちの両親まで締め出して、祖父をこき使った。その消耗と心労が祟《たた》ったんでしょう。かるい風邪のはずが、肺炎に悪化して……。その後は、あっという間でした」

「今夜の『カサブランカ』上映は、あなたのリクエストだったとか？」

「そうです。祖父はハンフリー・ボガートの大ファンだった。そんな祖父を、映画を通して偲びたかった。家族だけで観るより、みんなでわいわい楽しむほうが、祖父は喜ぶ気がしてね……。ボガートの一番の当たり役を眺めながら、『世界一のいい男だ』と、祖父の口癖をつぶやきたかった」

「いいお孫さんだ」

そう声を落としたのは、マスターだった。

「おじいさまにも一度、店にいらしてほしかった」

「ぼくもそう思います。でもぼくがここの常連になった頃には、祖父はもう祖母の介護にかかりきりでしたから……」

せつなげに睫毛《まつげ》を伏せる。

「祖父は、幼い頃に親戚《しんせき》に養子に出されましてね。複雑な生い立ちで、苦労したんだそうです。『映画だけが心の支えだった』と言っていました。そんな祖父を、祖母はいつも見下して、こき使って……」

章登は首を曲げ、背後の祖母を睨んだ。

「葬儀の祭壇に飾ってもらったポートレートだって、そうです。祖父の写真をボガートとツーショットに合成し、好きだった映画の名台詞《ぜりふ》をちりばめるようにレイアウトしたんですよ。孫一同の、渾身《こんしん》の作品です。なのに祖母は葬儀会社の職員に命じて、早々に撤去させてしまった」

「それはひどい」

マスターが思わず、といったふうに慨嘆する。

章登は大きくうなずいた。

「ええ、ひどいですよね。だからぼくたちは、祖母に詰め寄った。『死んだあとも祖父をないがしろにするなんて』と怒り、糾弾した。なのに祖母は蛙のツラに小便でね。しれっとしたもんでした」

吐きだして、体ごと祖母に向きなおる。

「もし今夜のこれがばあちゃんの仕業なら、さすがに許せない。今度という今度は縁を切るよ。遺産の行方なんか知ったこっちゃない。そんなにじいちゃんが嫌いか。そんなに全部、ぶち壊しにしたいのかよ」

「月形さま」

見かねて、カウンターの中から可児は声をかけた。

「落ちついてください。あなたのおばあさまのせいと、決まったわけじゃありません。まだなにもわかってはいない。どうか先走らないでください」

「そうだよ。そのとおりだ」

可児に同意したのは幡多だった。

彼は池亀を見やって、

「他にも、もっとあやしいやつがいる」

と唇を歪《ゆが》めた。

「いかにも今夜はデートのようなふりをしてたよな。でも、嘘だろう？」

「はあ？　なにをいきなり……」

池亀がすかさず気色ばむ。幡多はせせら笑った。

「仲のいい異性の同僚なんて、あんたにいるわけがない。彼女なんていやしない。嘘がばれるのが怖くて、生霊《いきりょう》とやらで扉を消したんじゃないか？　出入り口がなくなれば、脳内彼女が来ない言い訳が立つもんな」

池亀がグラスを投げつけた。

予想していたのか、難なく幡多がひょいと避《よ》ける。

だが幡多は忘れていた。彼の背後には笹乃と、彼女に寄り添うこよみがいた。

その後のゼロコンマ数秒は、可児の目にスローモーションで映った。

中身のバーボンを飛び散らせながら、グラスが彼女たちに迫る。笹乃は目を見ひらいたまま動けない。こよみが彼女を抱えて身を伏せ、そして——。

「いってえ!!」

店内に声が響きわたった。

森司だった。

素早く走り、女性二人の前に立ちはだかったらしい。顔に似合わぬ俊敏さであった。

「八神先輩！」

こよみが立ちあがる。

グラスはどうやら森司の肩に当たったようだ。バーボンが、ボタンダウンシャツに大きな染みを作っている。可児は急いでおしぼりを摑《つか》み、水道水で濡《ぬ》らした。

こよみがおろおろと彼に尋ねる。

「先輩、大丈夫ですか？　怪我は？」

「いやあ、大丈夫大丈夫。それにじつは、言うほど痛くなかった。咄嗟《とっさ》に声が出ただけだ。シャツだって、すぐに乾――」

言葉の途中で、

「あ、ほんとに乾いた」

と目をまるくする。

おしぼりを手にスイングドアを飛び出しかけていた可児は、ほっと安堵《あんど》した。そうだった。いまのこの空間では、なにもかもすぐ帳消しになるのだ。

――ただし人の感情や反応は、別らしい。

池亀はばつ悪そうに目をそらしていたし、幡多はうろたえていた。

さすがに無辜《むこ》の青年を巻きこんで罪悪感を覚えぬほど、彼らも非常識ではない。いまのこの空気に毒されただけで、普段はごく普通の社会人なのだ。

「八神くん」

黒沼部長が声をかけた。

「生霊は、ほんとにこの十三人の中にいるのかな。どう思う？」

「うーん……。すくなくとも、このビルにいるのは確かです」

もとどおり乾いたシャツで、森司が首をかしげる。

「それと、上階の店が〝出る〟っていうのもほんとだと思います。どういう加減かは不明ですが、その店と共鳴して、いまの事態が起こってるんじゃないかな」

「マスター」

部長がマスターを振りかえった。

「このビルのテナントは、どうなってます？」

「え？　えーと」

つかえながら、マスターは答えた。

「一階は半分がエントランスで、その奥が雑貨屋。二階はショットバー。三階がイタリアンで、四階が中華料理屋。最上階の五階は古書店ですが、七時閉店です」

「なるほど。ありがとうございます」

一礼し、部長は森司に向きなおった。

「このビル内にいる生霊が、今夜を台無しにしたのは間違いないようだ。けど一番の疑問は〝どうしてこの映画なんだろう？〟だよね」

スクリーンを見上げ、彼は言った。

「どうして『ローズマリーの赤ちゃん』なんだろう？」

6

「この映画、『天井桟敷』では先週も上映したと言ってましたね？」

部長がふたたび問う。

マスターがへどもどと答えた。

「はい。先週の水曜日に」

「そのときの顔ぶれを教えてもらえますか？」

「えー、笹乃夫人はおられませんでした。月形さまのご家族も、もちろんその日はいらしていません」

池亀と幡多は口を挟まない。争う気は完全に失《う》せたらしく、マスターの背後でおとなしく口をつぐんでいた。

「ですから、おられたのは月形さま、池亀さま、それぞれのお連れさま。そして他に、三組のお客さまです」

「その三組のうち二組は、一見《いちげん》のお客さまでした」

可児はやや遠くから言い添えた。

「残る一組は、月に二、三度お見えになる方です」

「ふうむ」

部長が腕組みした。

「今夜この場にいない人は、除外していいでしょう。月形さんと池亀さんは、どういうご関係の方といらしたんです？」

「ぼくは彼女と」

話を振られた章登が、即答した。直後に急いで言い添える。「あ、言っときますが妊娠してませんよ」

「……おれは、友達とだよ。学生時代の友達で、同じくここの常連」

池亀も答えた。

「野郎だから、もちろん妊娠してないぞ」と追加する。

「『ローズマリーの赤ちゃん』は、いわずと知れたホラー映画の名作ですよね」

腕を組んだまま部長が言う。

「監督は名匠ロマン・ポランスキーで、一九六八年製作。『エクソシスト』や『オーメン』はいまとなれば古くさい部分も多いですが、『ローズマリーの赤ちゃん』は違う。現代の目から見てもまったく古びない、非常に稀有《けう》なオカルト映画です」

「そのとおり」

こんなときだというのに、マスターは得たりと首肯した。

「流行《はや》りが回帰していることも相まって、ヒロインの髪型、ファッション、画面の色彩感覚などなど、すべてがハイセンスに映る。そのスタイリッシュさは、むしろ年々際立っていくとまで感じます」

「いやあ。マスターはぼくと話が合いそうだなあ」

部長がにこにこと応じた。

「機会があれば、夜どおしホラー映画について語りたいところです。とはいえ、いまは事態の把握に努めましょう。——この映画のあらすじは、シンプルです。ニューヨークのアパートに引っ越してきたヒロインのローズマリーは、念願の子どもをさずかる。しかし妊娠した夜に悪夢を見たことや、不快なほどお節介な隣人のせいで、手ばなしには喜べない。まわりの人々がみな不審に見える。そんな中、彼女は以前アパートに悪魔崇拝者たちが住んでいたことを知ってしまう。『わたしが妊娠したのは、ほんとうに夫の子なんだろうか……？』そう彼女はいぶかり、怯《おび》えます」

「クライマックスまでは、どっちかわからないんですよね」

こよみが相槌《あいづち》を打つ。

「マタニティブルーのヒロインが妄想を併発しているのか、ほんとうに悪魔の子をみごもったのかわからない。あえて、どっちとも取れるように描《えが》いています」

「そうそう。すごくサイコ・アナリティカルな映画なんだよね。そこが古びない最大の理由だ。フロイトの登場以来、ぼくら現代人の興味はずっと〝人間の精神と心〟にとどまっているからね」

「あれは、不変の恐怖を描いた映画です」

笹乃が口を挟んだ。

「〝まわりの誰もわかってくれない〟〝誰も信じられない〟という恐怖と閉塞感《へいそくかん》をね。表面上やさしくても、妻の話はちっとも聞かない配偶者。距離感のおかしい隣人。体調は悪くなる一方なのに、誰も頼れない。誰を頼っていいかわからない。しまいには自分自身さえ信じられなくなっていく――。恐怖以外の、なにものでもありません」

「おい」

幡多がなにか言いかけた。しかし、思いなおして口を閉じる。賢明だ、と可児は思った。いまは夫婦喧嘩《ふうふげんか》している場合ではない。

「つまり、非常にストレスフルな作品ということですね」

部長が言った。

「生霊《いきりょう》が生じるきっかけというか引き金が、この映画による負荷なことは間違いなさそうだ。となると、キイワードは〝妊娠〟〝子ども〟より〝ストレス〟かな？　誰もわかってくれない、という恐怖はブラック企業やいじめ問題にも通じるし……」

「両方じゃねえか？」と泉水。

「〝子ども〟と〝心理的ストレス〟の両方だろう。本人が漠然と抱いていた不安を、映画がかたちにしてはっきり突きつけた。明確に言語化、いや映像化してみせた。ありていに言やあ、やつの心を揺さぶったわけだ」

「かもしれないね。うーん、けど、もうちょっと情報がほしいな」

部長が肩越しに章登を見やった。

「月形さん。さっき、おじいさまの葬儀で『変なことがつづけざまに起こった』とおっしゃいましたよね。具体的になにが起こったんです？」

「えっ」

章登は一瞬戸惑ってから、

「……音と、光です。ホラー映画ふうに言うとラップ音ってやつですね。拍手みたいな音がつづけざまに起こって、読経《どきょう》を邪魔したんです。それから、照明が何度も点滅した。職員に点検してもらったが、異状はありませんでした」

と答えた。

部長が礼を言い、今度は笹乃に目をやる。

「ぶしつけながら、何人目のお子さんですか？」

「一人目です。妊娠は三度目ですが」

笹乃がさらりと言う。

「前の二人は流産です。不育症だと言われました。ヘルパリン注射で、なんとか三十週までこぎつけて……。でも後期死産の確率は、低いとはいえゼロじゃありません。ここまで来たら、なんとしても産みたいと思っています」

きっぱりと告げた頬は硬く、青白かった。

部長はさらに池亀へ尋ねた。

「池亀さん、ご結婚は？　お子さんはいらっしゃいますか？」

「残念ながら未婚だ。離婚経験も子どももなし。だが……」

彼が声を呑《の》んだ。自主的に言葉を切ったのではない。

つづきを遮られたのだ。ぱぁん、という破裂音だった。

ついさっき章登が口にしたのと同じ、ラップ音だ。ぱん、ぱぁん、とたてつづけに鳴る。

「見て」

章登の母親が叫び、スクリーンを指した。

可児は瞠目《どうもく》した。

画面の中の妊婦の顔が、ぶれている。

さっきまでは〝映っているのに見えない〟状態だった。しかしいまは違う。目鼻がわからないのは同じだが、顔全体が左右に大きくぶれ、ノイズが走っている。

そして夫のほうにも、変化があった。

後頭部しか映っていなかったのに、いまや横顔が見えかけていた。

振りかえろうとしているのだ。

可児の腕が、ざあっと一気に鳥肌立った。

「――怖い」

笹乃が呻《うめ》くのが聞こえた。

「あの男の人……、怖い」

「わたしも」

同意したのは、章登の母親だった。

「誰だか知らないのに、すごく——すごくいや。見たくない。お願い。映画を止めて。いえ、上映をやめてください」

「すみません。できないんです」

眉《まゆ》を八の字にしたマスターが、かぶりを振る。

「さっきから何度も試してますが、操作が利かない。スクリーンを撤去することも考えましたが、この様子じゃ、たぶんすぐ元通りになるだけです」

「そうでしょうね。でも」

笹乃があえいだ。

「でも、すごく怖い。……どうして？　あの人が誰かもわからない。顔も見えないのに、なぜこんなに怖いの？　まるで——まるで、いまにも」

そこで笹乃は言葉を切った。

だが可児にはわかった。彼女がなにを感じ、なにを言いたかったか、手に取るように理解できた。

なぜって彼自身も、まったく同じ思いでいるからだ。

——いまにも画面から飛び出て、襲いかかってきそうだ。

「まいったな」

黒沼部長が顔をしかめた。

「ぼくも同じ気持ちです。あの男が怖くてたまらない。いまここにいる全員が、そう思っていることでしょう。きっとこの場の支配者が――生霊の主が、あの男を恐れているせいです。その影響をまともに食らってる。なんとかして意識をそらさないと、気力が萎《な》えそう……いや、ここを出たいという意欲までくじけそうだ」

「部長！」

森司が叫んだ。

「弱音を吐くのはまだ早いです。見てください」

「……あ」

スクリーンを仰ぎ、可児は口を手で覆った。

妊婦の顔のノイズが消えつつあった。

霧が晴れるように、すこしずつ薄まっている。肌色の面積が増えていく。薄い唇が見え、ちいさな鼻が見え、そして――。

「奥さん！」

叫んだのは池亀だった。

「知ってる顔だ。おれの……おれの友人の、奥さんだ」

店の中央で、池亀は一同をぐるりと見まわした。

「おれがさっき言いかけたのは、これだよ。先週の水曜、ここで一緒に『ローズマリーの赤ちゃん』を観た友人が、奥さんの体調について愚痴ってばかりいた。だからおれは、言ったんだ。『それこそ妊娠したんじゃないか』って――」

店内に数秒、沈黙が落ちた。

その静寂を破ったのは、黒沼部長だった。早口で池亀に問う。

「ご友人のお名前と住所は？」

「海江田《かいえだ》だ」

池亀が答えた。「えーと、西南区《せいなん》に住んでる」

「電話してください」

きびきびと部長は言った。

「本人に生霊を飛ばしている自覚がないなら、まずは知らせないと。電話してみてください」

だが、海江田夫妻は電話に出なかった。固定電話も、それぞれのスマホも応答なしだった。

「八神」

泉水が森司を見やった。

「鈴木《すずき》に電話しろ。おれは藍《あい》にかける」

「そうだね、それがいい」

部長がうなずいた。

「電話が通じることといい、スクリーン越しに顔を見せたことといい、生霊《いきりょう》の心は揺れている。自分の悩みを知られたくない気持ちと、ぶちまけたい気持ち。憤懣《ふんまん》を解消したいが、一方ではしたくない気持ち。自分の本心が見えず、決めかねているんだ。正体が彼か彼女かは不明だけど、とにかく迷いがあるうちに付けこまないと」

「付けこむって、部長」

人聞きの悪い——と言う森司を無視し、部長は決然と言った。

「外の時間は正常に動いているはずだ。八神くんの話じゃ、生霊の主はこのビル内にいる。藍くんと鈴木くんに、海江田さん夫妻を探しだしてもらおう」

7

泉水の電話を受けた雪大OGの三田村《みたむら》藍は、

「もー。仕事から帰ったばっかなのに」

と文句を言いつつも、事情を聞くと即座に引き受けてくれた。

現部員の鈴木瑠依《るい》も同様である。

海江田夫妻のフルネーム、年齢、外見などの基本情報を伝え、「悪いけど、頼んだ」と森司は通話を切った。

「さて……」

部長が池亀に向きなおる。スクリーンを指して、

「ここに映っている男性は、あなたの友人の海江田さんですか？」

と尋ねた。

「そう……だと思う」

池亀は額の汗を拭《ぬぐ》い、うなずいた。

「顔が見えないから断言できないが、似ているのは確かだ。体つきや背恰好《せかっこう》がそっくりなんだ。でも……」

ごくりと喉仏《のどぼとけ》が上下した。

「でも海江田は、こんな——こんなふうに、怖くない。そんなやつじゃない。ごくおとなしい男だ。仲間内では、むしろいじられキャラのほうだし……」

「では奥さんが、彼を怖がっていたことは？」

「ないよ！」

池亀が悲鳴じみた声を上げた。

「何度も言うが、そんな男じゃないんだ。奥さんだって化けて出るような人じゃない。夫婦仲も悪くない。平穏平凡を、絵に描いたような二人だ」

「水曜の夜、ここで海江田さんとどんな会話を交わしました？」

「そんなの覚えてねえよ。たいした話もしなかった。しょうもない雑談ばっかだ」

「でも奥さんの体調について愚痴っていた、というくだりは覚えておられるのでは？」

「ああそうか。えーっと……」

池亀は目を泳がせた。

「ここんとこずっと、奥さんがだるそうにしてるって言ってた。仕事から帰っても、ソファで寝てばかりだって。だから『妊娠したんじゃないか？　あんなふうに』と画面を指して言ったら、あいつ、不機嫌になって」

次いで海江田は言ったという。

この映画だとわかっていたら来なかった、と。

池亀はそんな彼を茶化した。

――もし奥さんが妊娠してるなら、彼女も呼べばよかったな。『ローズマリー』ほど胎教にいい映画は他にないぞ。

――それ、面白いと思って言ってるのか？

いかにも不快そうに海江田は反駁《はんばく》した。

――だいたいポランスキーなんて、胎教云々《うんぬん》以前の問題だろう。験《げん》が悪いし、やめてくれよ。

「普段はけっして、冗談のわからないやつじゃないんだ」

池亀が弁解するように言う。

「でもあの夜のやつは、本気でいやそうだった」

「ポランスキーは験が悪い……か」

部長がつぶやく。

「確かに『ローズマリーの赤ちゃん』は『ポルターガイスト』と同様、呪われたいわくつきの映画と言われる。理由は、制作関係者等にまつわる不幸が多すぎたせいだ。監督のロマン・ポランスキーも、その不幸に見舞われたうちの一人で……」

「『シャロン・テート事件』ですね」

マスターが沈鬱《ちんうつ》に言う。

部長は首肯した。

「そうです。ユダヤ系のポランスキーは第二次世界大戦中、両親をアウシュヴィッツに強制収容されて辛酸を舐《な》めた。だが映画監督として徐々に認められ、『ローズマリー』の大成功が彼を一躍スターダムにのしあげた。一流監督となったポランスキーは女優シャロン・テートと結婚し、ロサンゼルスに居を構えます。……その半年後ですよ。彼の自宅を、チャールズ・マンソン率いるカルト教団が襲ったのは」

「結果、テートを含む男女四人が惨殺されました。殴られ、撃たれ、計百回以上刺され……。しかもテートは身重でした。妊娠八箇月の体――あ、失礼」

そばの笹乃に気づき、マスターが慌てて謝った。

「かまいません」

笹乃が首を振る。

『シャロン・テート事件』ならわたしも知ってます。お腹を滅多刺しにされたんですよね。『ローズマリー』が興行的に成功せず、ポランスキーがあの邸宅に越していなかったなら、テートはその後も長生きできたでしょう。犯人のマンソン・ファミリーは、あの家に誰が住んでいるかも知らなかったんだから」

「映画『ローズマリー』に関する悲劇は、他にもあります」

部長がつづけた。

「制作プロデューサーが、映画公開後に悪魔崇拝者から手紙を受け取ったのちに急死。音楽担当も同じ病院で死亡。また作中でヒロインらが住むアパートの外観として使われたのは、有名なダコタハウスです。玄関前でジョン・レノンが撃たれて死んだ、あのダコタハウスですよ」

彼は首をひねって、

「というわけで〝験が悪い〟と言うならば、監督個人よりも映画『ローズマリーの赤ちゃん』が不吉だ、と普通は言うはずなんです。でも海江田さんは、〝ポランスキーが験が悪い〟とおっしゃった?」

「ああ。そうだ」

池亀が断言した。

「間違いなくそう言ったよ」

「海江田さんご夫妻は、『カサブランカ』になにか思い入れがありますか? もしくはハンフリー・ボガートに」

「ないと思うがなあ」

「では三月十四日、もしくはホワイトデイには？　たとえば結婚記念日だとか、この日にプロポーズしただとか」

「さあな、わからない。でも結婚式と披露宴は秋だったよ。おれも出席したから、間違いない」

「奥さんは映画好きですか？」

「それはイエスだ。海江田より、彼女のほうが詳しいと思う」

「奥さんの髪型は、スクリーンに映っているようなショートカット？」

「あれほど短くはないが、ショートではあるよ。去年の夏にばっさり切ったんだ。理由は『暑いから』だった。一気に幼くなって、びっくりしたよ」

「ほんとだ。童顔ですね」

プロジェクタースクリーンを見上げながら、森司が言った。

呆《ほう》けたような口調だった。

目つきも、どことなくうつろだ。

「でもたぶん、おれには──実際よりもっと、幼く視えてる」

こよみがはっとしたように彼を見た。

「八神先輩……」

しかし彼女がなにか言う前に、着信音が鳴り響いた。

黒沼部長のスマートフォンだった。

素早く応答し、スピーカーに切り替える。

「もしもし、藍くん？」

さっきかけた雪大の仲間か、と可児は胸を撫《な》でおろした。森司が心配ではあるが、外からも連絡を取れるとわかったことは朗報だった。

「もう着いたの？　早いね」

「早くないって。着いたのは十分以上前よ」

藍が言う。やはり店の中は、時間が歪《ゆが》んでいるらしい。

「それより、三階のイタリアンをあたしが、四階の中華料理店を鈴木くんがチェックしたの。でもお腹の大きな奥さんを連れたご夫婦はいなかった。妊婦さん単体のお客もなし。海江田さんらしき人相風体のお客も、同じく見当たらなかった」

「そっか」

部長が眉《まゆ》を寄せる。

その横で、泉水が森司に首を向けた。

「八神」

低い声だった。

森司は、いまだスクリーンを見上げている。棒立ちだ。身じろぎひとつしない。

他のものは、なにひとつ目に入らないかに見えた。食い入るように、画面の中の二人を凝視している。

「いいぞ、もっと集中しろ。……なにが視える？」

ささやくような声だった。森司は答えた。

「――子ども、が」

次の瞬間。

画面に黒い影が走った。

「ああ」

笹乃が声を上げるのがわかった。

可児も同じく、それを視認した。

いつの間にか、画面に子どもがいた。男の子だ。七、八歳に見えた。代わりに、さっきまで映っていた青のネグリジェの妊婦が消えている。

子どもの顔はやはりわからなかった。映りこんでいるのに、認識できない。だがそばに立つ男の顔はわかった。ようやく横顔が見えていた。

「違う」

池亀が呻《うめ》いた。

「……海江田じゃ、ない」

似てるが、違う――。あえぐようにつづける。

スクリーンの子どもは怯《おび》えていた。

その目鼻はわからない。表情もまったく見えない。しかし、可児にはわかった。店内の全員にもわかっているはずだった。眼前の男に対し、男児は全身で恐怖していた。

「ご友人の奥さんじゃ、ないです」

森司は音もなく振りむき、池亀に言った。

「――生霊《いきりょう》は、ご友人本人だ」

彼の指はまっすぐに、画面の男児を指していた。

泉水が、部長のスマートフォンに向かって叫ぶ。

「藍！　三階や四階じゃない。下だ。もっとおれたちの近くだ」

「じゃあ二階？　でも、まだお店が開いてないのよ」

藍の戸惑う声が響く。

部長がマスターを振りかえった。

「このビルは五階建てだ。地下の店にはなくても、ビルそのものには非常口や非常階段がありますよね？　どこです」

「え？　あ、西側です。誘導灯がありますから、それに従って進めば……」

「藍くん、非常階段へ向かって！　一階もしくは二階付近だ」

「すずき、に」

やはりうつろな瞳《ひとみ》で、森司が言った。

「鈴木に——探させてください。あいつにも、彼が理解《わか》ります。それから、電話を切らないで。繋《つな》がってるほうが伝わりやすい。……大丈夫です。もうすぐみんな、無事に家に帰れます」

8

海江田はその後、すぐに見つかった。

部長の見立てどおり、非常階段の踊り場に座りこんでいた。一階と二階の間である。

藍が顔を寄せると、ぷんとアルコールが匂ったらしい。

「泥酔してるわ。でも、かろうじて意識はあるみたい。どうしたらいい？」

電話口で訴える藍に、部長が答えた。

「とりあえず通話をスピーカーにして。生霊が発生していることを、彼に自覚させよう」

「自覚させたらどうなるんだ？」

池亀が問う。

「うまくいけば、この事態はおさまります」

「うまくいかなかったら？」

それには答えず、部長はスマートフォンを森司のほうへ向けた。

「八神くん。海江田さんにしゃべりかけて」

「はい。えーと……」

森司がまず、おしぼりで顔を拭《ふ》いた。いったん仕切りなおすためだろう、何度かかぶりを振る。

息を吸いこみ、彼は話しはじめた。

「えー、海江田さん。はじめまして。いまさらご挨拶《あいさつ》するのもなんですが……。さっきからずっと〝繫がって〟ましたよね。お互い、相手の存在を悟っていたし、感じていた。でも一応言います。はじめまして」

海江田の応答はない。

だが、聞いている気配はあった。

森司は言葉を継いだ。

「それで、えー……。初対面なのに、ぶしつけで申しわけないです。あなたの奥さんが、妊娠されましたよね？」

やはり応《こた》えはなかった。

「たぶん先週、池亀さんと『天井桟敷』で映画を観たあとに、奥さんから知らされたんだと思います。それがすべてのきっかけでした」

ひゅうっとかすかな音が聞こえた。

海江田が息を吸いこむ音だ。はじめての、彼の反応であった。

森司が勢いこむ。

「いまのおれたちは、あなたの恐怖に店ごと巻きこまれている状態です。呑《の》みこまれてる、と言うべきかな。とにかく、あなたの恐怖と怯えがこの場を支配している。いろんな条件が不運にも重なって、時が止まってほしい、赤ちゃんに育ってほしくない、生まれ落ちてほしくない――という、あなたの切望が具現化されているようです」

沈黙が流れた。

海江田の荒い息づかいが聞こえた。

「……なにを」

低い声が落ちた。

海江田の声だ。

「なにを、わかったようなことを」

つづけてくれ。可児は祈った。

海江田さん、しゃべりつづけてくれ。どうか森司くんの言葉に、頼むからもっと応えてやってくれ。

「いやその、確かに、全部わかってるとは言えません」

森司がすこし引いた。

「でも多少わかってることもあるので、言わせてください。もし間違ってたら、そのつど訂正してもらえますか。ほんとは全部、海江田さんの口から説明していただけると、ありがたいんですが……」

おもねるように言う。

だが、海江田はふたたび黙りこんだ。店内に静寂が落ちる。

森司はため息をつき、問うた。

「奥さん、髪を切ったんですか？」

いらえはない。

「ショートを、さらにベリーショートにしたんですよね。『ローズマリーの赤ちゃん』のヒロインくらいに、ばっさり切った。以前、看護師の母から聞いたことがあります。妊娠すると髪を短くする女性が多い、って。半端な長さだとつわりのときにつらいし、手入れする時間もろくに取れないから、とにかく楽なヘアスタイルにするんだって。えー、だからつまり、妊婦さんには珍しいことじゃないようですが……。でも、あなたは驚いた」

森司は息継ぎし、言った。

「彼女がすごく、幼く見えたからです。……そうですよね？　すごく幼く、頼りなく見えた。だから――あなたは、怖くなった」

「やめろ」

唸《うな》るように、海江田が応じた。

「やめてくれ。そんなんじゃない」

「ですよね」

森司は同意した。

「わかります。あなたはまともな大人で、立派な社会人であり常識人だ。ホラー映画を観た直後に妻の妊娠が判明し、似た髪型になったからって、その程度で怯えるわけがない。悪魔が生まれるだなんて、まさか思っちゃいない。だから表面上は、その恐怖を押し隠した。自分自身にさえ嘘をつき、怖がってなんかいないふりをした」

「おれは――、いや」

海江田はあえいだ。

「違う。子どもができたのが、嬉《うれ》しくなかったわけじゃない。ただ、なんというか、もうちょっと経済的に余裕ができてから」

彼をスルーし、森司はつづけた。

「あなたを怖がらせているのは、奥さんでも、お腹の赤ちゃんでもない」

この男性ですね――。

言いながら、森司はスクリーンを指した。人差し指の先には、横顔が見えかけたスーツ姿の男が映っていた。

「おれは、この人は……あなたの父親だと思います」

森司の口調は、むしろ悲しげだった。

「あなたのお父さんは、あなたを殴りましたか？」

「違う」

海江田が叫んだ。

その声は震え、ひび割れていた。

「違う。普段は……。普段は、やさしかった」

いまにも泣きだしそうな声音だった。

「いつもじゃない。しょっちゅう殴るわけじゃない……。おれやお母さんが、へまをして、お父さんを怒らせたときだけ」

気づけば可児は、拳《こぶし》を握りしめていた。

海江田の声が響く。

「ほんとは、いい人なんだ。お母さんだって言ってた。『あんたが生まれてから、お父さんはおかしくなった』って。『前はあんなじゃなかった。やさしいだけの人だった。それがまさか、警察のお世話になるだなんて』――って」

「ご両親の離婚を、自分のせいだと思ってるんですね？」

静かに森司が言う。

「お父さんが、逮捕されたことについてもだ。いけなかったのは自分だと、心のどこかで思ってる。自分がもっといい子でいれば、家庭は壊れなかったんじゃないかと疑いつづけている。……あなたのせいじゃないのに」

「どうして、そんなことが言える」

海江田が反駁《はんばく》した。

「おれのせいじゃないなんて、どうして言いきれる。なにも知らないくせに」

「言いきれますよ。あなたは悪くない」

断定してから、森司は咳払《せきばら》いした。

「おれはですね、えー、大学のオカルト研究会というとこに所属してまして、『ローズマリーの赤ちゃん』も観たというか、過去に観せられたことがあります。そのとき、ついでにロマン・ポランスキー監督についての蘊蓄《うんちく》も聞いたんです。彼はユダヤのゲットー育ちで、カルト教団に妻を殺されていて、そして――十代の少女を強姦《ごうかん》したかどで、何度も告発されている」

すみません、とことわってから、彼は言った。

「……あなたのお父さんは、少女への強姦、もしくは買春で、逮捕されたのではないでしょうか？」

三たびの沈黙があった。

「あなたのせいじゃ、ない」

森司が重ねて言う。

「――でも」

ささやくような、海江田の声がした。

「でも、両親は離婚した。母はおれに言ったんだ。『あんたのためよ』と。『あの人と一緒にいたら、あんたの将来に傷がつくから別れたの』と……」

「その言葉は、あなたに罪悪感を抱かせた。わかります。でも、あなたのせいじゃない。あなたはすこしも悪くない」

きっぱりと森司が言う。

だが彼の声が耳に入らないのか、海江田は呻《うめ》いた。

「父は、未成年の買春で逮捕された。そして勾留《こうりゅう》中に、同じく未成年への強姦が発覚し、再逮捕された。相手は」

相手は、おれと同い年の少女だった――。

そうつづけた海江田の声は、怯《おび》えと嫌悪でわなないていた。

「子どもができるのが怖かった。妻が異様に幼く見えたことも、怖かった」

――この妻を愛して結婚したおれにも、潜在的な少女趣味があるんじゃないか？

そんな恐れを、彼に抱かせた。

「父の遺伝が怖かった。子どもが生まれたら、おれも変わってしまうんだろうか。遺伝の力には抗《あらが》えないんじゃないか。そう思うと、不安で眠れなくなった」

「ですよね。わかります」

森司が寄り添うように言う。

「なぜってあなたは、虐待の被害者が、同時に加害者にもなり得ることを知っていた。

ロマン・ポランスキーがまさにそうだからです」

ああ、そうだ。可児は思った。

ロマン・ポランスキー。ナチスによる戦争犯罪で肉親を奪われ、カルト教団に妻を惨殺された被害者。と同時に、彼は少女強姦の累犯者でもある。すくなくとも三度、彼は十代の少女に性的虐待をはたらいて告発された。

映画というフィクションの恐怖と、現実にあった過去の恐怖。そして妻がもたらした、現在進行形の恐怖。そのすべてが溶けあい、海江田の胸でとぐろを巻いた。

混乱と不安は、不眠を生んだ。不眠は彼の体力を奪い、消耗は海江田の精神のバランスを崩した。アルコールがさらなる拍車をかけた。そしてこのビルの二階と運悪く共鳴したことで——怪異が起こった。

「もうひとつ教えてください」

最後に森司は尋ねた。

「三月十四日は、あなたにとって特別な日なんですか？」

「……二十年ほど前、だ」

海江田がうつろに答えた。

「おれは、中学生だった」

両親の離婚後も、彼は定期的に父と面会していたという。その年の三月十四日は、半年以上前に定められた面会日だった。

だが父子は会えなかった。家を出る前に、連絡があったからだ。

またも父が強姦で逮捕された——という報《しら》せだった。しかも今度の被害者は、海江田の従妹《いとこ》だ。つまり父にとっての実姪《じってつ》であった。

「親父は、化けものだ」

海江田が低く言う。

「親父のような怪物になるのが——おれは、怖かった」

しん、と店内が静まりかえる。

永遠につづくかにも感じられる、長い長い静寂だった。

それを破ったのは、池亀だった。

「すまん‼」

絶叫し、池亀はその場に土下座した。

「すまん海江田！　知らなかったとはいえ、くだらん冗談を言って悪かった」

語尾が震えた。

「で、でも、おまえは怪物じゃない。犯罪者にもならない。なるわけがない。おまえがいいやつで、真面目な善人だってことは、おれが一番よく知っている」

「黙れ」

海江田が弱々しく封じた。

「他人のおまえが、なにを……」

「知ってる、知ってるんだ！」

池亀は叫んだ。

「おまえとはもう、十五年以上の付き合いだからな！　おれはおまえの友達だ、他人じゃない！　おまえがそんなやつじゃないと、おれが知っている！」

「わたしも、存じています」

静かにマスターが言い添えた。

「わたしも常連の方がたも、みな海江田さまを存じております。あなたは、他人を傷つけるような人じゃあない」

淡々とした口調だった。それだけに奇妙な説得力があった。

海江田が気圧《けお》されたのがわかった。

ぐっと詰まり、黙りこむ。

「ぼくからも一言言わせてください」

黒沼部長が割りこんだ。

「犯罪それ自体は、遺伝しません。親子で遺伝するのは犯罪気質だけです。しかも母親と父親両方から受け継ぐわけですから、当然二分の一に相殺されます。さらに言えば、犯罪性は生まれつきの素因よりも、個人を取りまく社会の空気や友人の道徳観に左右されるというのが現代の定説です。要するに〝朱に交われば赤くなる〟ですよ。性犯罪の多くがホモソーシャルから生み出されるのも、そのためです」

いったん言葉を切って、

「海江田さん、あなたは小学生のときに父親から引き離された。離れたところで父を恐れ、軽蔑《けいべつ》しながら育った。〝朱に交わった〟確率はごく低い。第一、そんなふうに己を疑うこと自体、犯罪から縁遠い証拠です。累犯者にもっとも欠けている要素が、自戒と自制心ですからね」

「ええ。あなたは子どもを襲うような人じゃありません」

マスターが刻みこむように言った。

「ご自分が信じられないならば、では、わたくしどもの言葉を信じてください。わたしも可児も、あなたがまっとうな方だと知っています。あなたを好きですし、信頼しています。な、きみもそうだろう？」

首を向けられ、可児はうなずいた。

「もちろんです」

本心だった。

「海江田さまを信じているわたくしどもを、信じてください」

張りつめた沈黙が、

「あ……」

笹乃のちいさな声で緩んだ。

思わず可児は、彼女の視線の先を追った。

スクリーンだった。

静止していた画面が、じわじわと変わりつつある。ヒロインの髪が、黒から金髪にゆっくりと戻る。目鼻がぼやけ、溶けたかと思うと、女優ミア・ファローの顔立ちに変わっていく。

だがそれもつかの間だった。

画面は、カラーから白黒に戻っていった。

ネグリジェのシエルブルーが褪《あ》せ、白くなり、やがてブラウスに変わる。横顔を見せていた男が身をひるがえし、振りかえったときは、もうハンフリー・ボガートの顔だった。

「見てください」

こよみが言い、壁の時計を指した。

——読める。

可児は目をしばたたいた。

何度瞬《まばた》きしても同じだった。文字盤が読める。針が何時を指しているのか、頭と目で理解できる。

まだ七時三十九分だった。

そんなはずはない、と思う。体感ではとうに九時を過ぎたはずだ。だがその一方で、この時刻が正しいことも、頭でなく心で理解していた。

池亀がグラスに手を伸ばした。同じくグラスを握った幡多氏と、目くばせし合う。

二人で一気に呷《あお》った。

一秒、二秒と待つ。

グラスの中身は戻らなかった。

「やった!」

池亀が両腕を上げ、幡多へ走り寄った。そのまま二人は、外国人のように固くハグをした。

彼らの間にしこりは残らないようだ。可児はほっとした。

じつを言えば、真に心配なのは幡多夫妻の仲のほうだ。だがそれは、店内で話すことではないだろう。帰宅してから、夫婦水入らずで語り合うに違いない。

「あのう……二階の店、やっぱりまずいですか? お祓《はら》いすべきでしょうか」

マスターが、不安げに黒沼部長に訊《き》いた。

「ほんとに、事故物件でもなんでもないんですがねえ」

「とくに事故や人死にが絡まずとも、特定の場所によくないものが棲《す》みつくことはあり得ますよ」

部長が答える。

「このあと、ぼくらはバーに行ってみます。なにか気づいたらご報告しますね」

マスターに請け合って、

「ところでハル子さん、でしたよね？」

部長は、車椅子の老女に向きなおった。

「ご主人のご葬儀で起こったという怪異。……ぼくはやっぱり、あなたの仕業のような気がするんですがねえ」

まるで毒気のない、にこにこ顔で言う。

章登の父がなにか言いかけた。だがそれを封じるように、車椅子のハル子自身が左手で息子を制した。どうやら左半身は麻痺《まひ》していないらしい。

次いで彼女は章登の母親に向かい、顎《あご》でバッグを指した。

あたふたと、母親がバッグを探る。

取りだされたのはコミュニケーションボードだった。脳梗塞《のうこうそく》などで言語が不自由になった患者が、文字キイを使って他者とコミュニケーションを取るための電子ボードである。

左手で、ハル子はゆっくりとキイボードを打った。

組みこまれた音声合成ソフトが、その文章を読みあげる。

「ええ。そうかもしれません」

ソフトの声は、ハル子の代弁者にしては若すぎた。しかし充分に流暢《りゅうちょう》だった。

「でもあなたたちも言ったとおり、生霊《いきりょう》側にその自覚はないんですよ」

「ですよねえ」

部長が笑って、

「それはそうと、上映中のハル子さんの席は、ちょうどぼくの座席からよく見える位置だったものでね。気づいちゃったんです。あなた、イルザが『あれを弾いて』とサムに言うシーンで、同時に唇を動かしておられた。『Play it, Sam. Play 'As Time Goes By』と、台詞《せりふ》のピッチにいたるまで正確にね」

と肩をすくめた。

「映画好きだったのは、ご主人だけじゃない。あなたもですよね？　いや、むしろあなたのほうがマニアだったんじゃないかな。ポートレートが気に入らなかったのも、そのせいなのでは？」

ハル子はうんともすんとも言わなかった。

ただ仏頂面のまま、キイボードを打った。

「孫たちがこしらえて、葬儀の祭壇に飾ったポートレートね。文句を付けるなんて、野暮だとはわかってました。でも、我慢ならなかった。うちの人だって、あれじゃああの世で喜びませんよ」

「だいたい想像は付きます」

部長は苦笑した。

「章登さんは〝祖父とボガートのツーショットを中心に、映画の名台詞をちりばめた〟と言っていました。たぶん『If you need me, just whistle』とか、『Play it again, Sam?』

あたりだったんじゃないか、と予想しますが……」

「どこがいけないんです？」

章登がきょとんとする。

体ごと彼に向きなおり、部長は微笑んだ。

「そのふたつとも、実際にはボガートの映画に出てこない台詞なんですよ。似た台詞はあるけれど、違うんです。とくに『Play it again, Sam?』はウディ・アレンの映画のタイトルにもなったことで誤解されやすい。でもあなたのおばあさまが――ハル子さんが暗唱された台詞のほうが、正確なんです」

「映画好きというのは、厄介なものです」

ハル子がキイボードを打った。

「蘊蓄《うんちく》をひけらかしやがって、と不快に思われることも多い。でも我慢ならないものは、我慢ならないんです。生半可で不正確な知識を、撒《ま》きちらしてほしくない」

つんと顎を上げる。

「ええ、あなたの言うとおりです。もともと、映画好きは、わたしのほうだった。あの人はわたしと共通の話題がほしいと言って、映画を熱心に観るようになったんです。ですから映画好きになったのは、結婚後のこと」

部長は目を細めた。

「あなたはお嬢さまだった。きっとまわりがうるさかったんですよね？　当時は『映画なんて、ご令嬢にそぐわない下賤《げせん》な趣味だ』とやいのやいの言われた。だが夫が好きだと言えば、彼を隠れ蓑《みの》にして映画を観つづけることができた。たとえ身分違いの結婚でも、夫唱婦随が当たりまえの世の中でした」

ところで、と彼はつづけた。

「ご葬儀でラップ音や照明のちらつきが起こったのは、ポートレートへの不満だけですか？　もうすこしばかり、深い怒りを感じますが」

「言ったでしょう。わたしに自覚はなかったと」

音声ソフトが、滑らかに文章を読みあげる。

「でもまあ、心当たりはあります。正直、わたしは怒っていました。だってうちの人が、わたしに嘘をついたから」

老女は鼻の上に皺《しわ》を寄せた。

「絶対にわたしより先に死なない、一人にしない、と言って求婚したくせにね。手ひどい裏切りですよ」

章登がスマートフォンを差しだした。

液晶には、葬儀で飾られたらしいポートレートの画像があった。飾る前に撮って、フォルダに保存したようだ。

そこには確かに『If you need me, just whistle』と『Play it again, Sam?』の文字があった。実際に映画には出てこないという、架空の名台詞だ。

「有名な『きみの瞳《ひとみ》に乾杯』もそう。『Cheers! Looking at you』、これじゃ駄目。正確には『Here's looking at you, kid』ですよ。特別なポートレートに刻むのに、なぜちゃんと調べないの」

ハル子がつんけんした顔でキイボードを叩《たた》く。

「夫は最後の最後まで、夫婦の身分違いを気にしていた。わたしに気を遣ってばかりの人生でしたよ。そういう卑屈なところが、大嫌いでした」

「その点だけが、ただひとつ？」

部長が尋ねた。

ハル子がふんと鼻から息を抜く。

「そうですよ。ボガートよりあの人のほうが、ずっとずっといい男だったのに」

「ほんとうだ」

ポートレートに写る月形の祖父に、森司は感嘆した。

「美男子だったんですねえ、旦那《だんな》さんは」

「でしょう」

老女は得たりと答えた。

「――世界一のいい男でした」

煉瓦《れんが》造りの壁に、扉の輪郭が浮きだしてきた。

と同時に、頼もしいサイレンが可児の耳に届いた。消防車だ。あきらかに近づきつつある。

サイレンの音が、ビルの前でぴたりと止まった。

第二話　さえずりとドライブ

HAUNTED CAMPUS

1

五つ上の姉の長所は、いつも機嫌がいいところだ。そう弦太《げんた》は思う。

ちなみに姉と言っても、血は半分しか繋《つな》がっていない。種違い、つまり父親が違うせいだ。

同居していないので、会う頻度は月に二、三度といったところか。以前は週イチで会えていたが、音羽《おとは》に彼氏ができてからは足がやや遠のいた。

ちなみに彼氏の樹《いつき》もいい人である。だからとくに不満はない。

ないのだが、まだ高校生の弦太はたまに思ってしまうのだ。音《おと》ちゃんを取られたみたいで、ちょっぴり寂しいかな……と。

——でも今日は、ひさびさの姉弟《きょうだい》水入らずだ。

「弦ちゃん、紅葉見たいの？　なんだ、早く言ってよー。県内の山でいいなら、お姉ちゃんが連れてってあげる」

弦太が「お姉ちゃん」と音羽を呼んだことは一度もない。子どもの頃からずっと「音ちゃん」だった。なのに音羽は、なぜかいつも「お姉ちゃんが」「お姉ちゃんはね」と自称する。

「おはよう。ちょっと早すぎた？」

と愛車で音羽が迎えに来たのは、土曜の朝九時前だ。

「おはよー。ちょい眠いけど、大丈夫だよ」

寝ぐせを撫《な》でつけながら弦太は言う。

もしデートならば入念に髪をセットし、服も気合を入れるところだが、そこは姉相手なので適当でいい。清潔でさえあればＯＫだ。

チノパンツにジップアップパーカーを羽織り、弦太は姉の愛車に乗りこんだ。

軽自動車なので、ちょっと狭い。助手席は足もとに荷物がごちゃごちゃと置いてあり、さらに狭い。

「ごめーん。荷物、適当にどかして座って」

「うん」

「後ろに座ってもいいよ、重役みたいにさ」

「いや大丈夫」

中古販売店で買った、型落ちの軽自動車である。だがわずか一年で、走行距離は三万キロを超えたという。

明るい性格に反して、音羽は幼い頃から体が弱かった。学校の遠足は毎回休んだし、修学旅行にも行けなかった。

しかし免許を取って以来、彼女は変わった。一転してアクティブになり、行動範囲は十倍近く広がった。まったく文明の利器さまさまである。

——十八になったら、おれも速攻で免許取ろうっと。

そう心に決める弱冠十七歳の弦太であった。

「音ちゃん、これ母さんから」

ポチ袋を姉に差しだす。

「今日のガソリン代だって」

「え、いいの？　やったぁ」

「あとこのタッパーも。中身、オレンジとキウイね。『音ちゃんと出かける』って言ったら、母さんが昨日のうちに剝《む》いて冷やしといてくれた」

「やった、嬉《うれ》しー。一人暮らしだと、果物って高くて買えないもん」

音羽がアクセルを踏みこむ。

愛車は滑らかに走りだした。

目当ての山までは、高速を使って約一時間半の距離である。途中でコンビニに寄り、飲み物とお菓子を買った。水分を節制している音羽は二百ミリリットルのお茶で、弦太はロングボトルのコーラだ。

「樹くんとも、またどっか行こうよ」

ハンドルを操りながら音羽が言う。

「ただしスキーとかボードはなしね。お姉ちゃん、できないから。温泉はどう?」

「いいよ。でもおれがお年玉もらってからね」

弦太はスナック菓子の袋を開けた。

過去に二回ほど、樹と音羽と三人で出かけたことがある。一度目は花見、二度目は泊りがけのキャンプだ。樹がネットで穴場を探してくれたおかげで、人混みともぼったくりとも無縁に楽しめた。

——そのうち樹くんが〝お義兄《にい》さん〟になるんだろうなあ。

そう、ぼんやりと弦太は思う。

音羽も樹もまだ大学生だ。でも二人とも、恋人をとっかえひっかえするタイプじゃない。浮気や裏切りとも縁遠い。このままのほほんと付き合って、のほほんと結婚するんだろうと思っていた。

「音ちゃん、ポテチいる?」

「いるー」

「んじゃ口開けて」

「あー」

雛鳥《ひなどり》のごとく開けた姉の口に、弦太はスナック菓子を放りこんだ。

われながら、この年齢の異性にしては仲よしの姉弟だと思う。喧嘩《けんか》らしい喧嘩はしたことがない。普通の姉弟なら経てきただろう、大声での言い争いや取っ組み合いとも無縁だった。異父きょうだいであるという薄皮一枚の遠慮が、プラスに働いた珍しい例と言えた。

車が大きく右に動いた。

車線変更するのかと思いきや、すい、とまた進路に戻る。

「え、いまのなに？」

「ごめん」

思わず訊《き》いた弦太に、音羽がすかさず謝った。

音羽は基本、運転が巧《うま》い。飛ばしすぎるでもなく、かといってのろのろ運転でもなく、まわりの波に乗って走る危なげないドライバーである。こんなふうに、無意味に蛇行するのは珍しい。

「たまに言うこと聞いてくれないんだよね、この子」

音羽がハンドルを叩《たた》いた。

「なに言ってんの」

弦太はすかさず突っこみを入れた。呆《あき》れ半分、驚き半分だった。こんな物言いは、いつもの姉らしくない。

「変な運転するなら、おれが交替しちゃうよ。……CD替えていい？」

「いいよ」

最近はカーナビとスマホを繫いで音楽配信サービスを使うのが普通だが、残念ながらこの軽自動車は旧式もいいところだ。昔ながらの車載オーディオに、CDの現物を挿《い》れて聴くしかない。

高速はほどよく空《す》いていた。

うだるようだった猛暑もいまや遠く、すっかりエアコンのいらない季節だ。窓を開けると心地いい風が吹きこんでくる。

「子どもの頃は、自分が運転するなんて思わなかったなあ」

音羽が慨嘆する。

「ドライブ、大っ嫌いだったし」

「ああ、音ちゃん、すげえ車酔いしてたもんね」

「そうなの。昔は百発百中で酔ってた。ていうか運転するようになってからじゃないかな、全然酔わなくなったのって」

ブルーノ・マーズの特徴的なハスキーボイスが流れてくる。

「三半規管が鍛えられたかな」

「単なる慣れじゃないの」

歌声にぶれが走った。

どうやらオーディオの調子もよくないようだ。音がひび割れ、高くなったり低くなったりを繰りかえす。かと思えば、ぶつぶつと途切れる。

「スピーカーかな、本体の故障？」

「古いからねえ。本体だと思う」

音羽がのんびり言った。

「気になるなら、ラジオに切り替えて」

言われたとおり、弦太はオーディオに手を伸ばした。

つまみをまわして、ラジオ局を選んでいく。雑音の合間に、アナウンサーやＤＪの声が途切れ途切れに交ざる。

ざざざざ。「……ときどき曇り、ところによりにわか雨……」ざざざ。

「……によると、施工業者が転圧処理を適切におこなわず……」ざざざざ。

「……はい本日もはじまりました、ラジオの前の……」「カエレ」ざざ。

「……次の曲はリクエストで、ラジオネーム……」ざざざざ。

「え？」

弦太は手を止めた。姉の横顔を見やる。

「いま、変な声聞こえなかった？」

「なにが？」

きょとんと姉が問いかえす。

「いや、いま——まあいいや。ごめん」

弦太はふたたびつまみをまわした。

ざざ。「……発達した雨雲がかかっており、九州南部に大雨警報が……」ざざざ。

「……今季限定、鳥つくねの鍋焼《なべや》き……」ざざざざ。「オリロ」ざざ。

「……はい聴いていただきました。エド・シーランの……」ざざざ。ざざ。

「……少子化や医療環境整備の問題で……」「コロスゾ」ざざ。

「音ちゃん!」

弦太は怒鳴った。

「やっぱおかしいって。変なのが交ざってるよ!」

「変なのってなに?」

「なにって……」

「こ、ころすぞ、とか」

弦太は言いよどんだ。

「はあ?」

音羽が半笑いになった。

「それドラマの台詞《せりふ》でしょ? ほら、ラジオドラマとかあるじゃない」

「違うよ」

言下に否定した。

「違うよ、そんなんじゃなかった。ドラマの台詞みたいに、相手にしゃべりかける感じじゃなくて、あー、うまく説明できないけど……」

とにかく変な声、と弦太は言いきった。

そうとしか言えなかった。人の声でないような、それでいて人以外ではあり得ないような、奇妙な声だ。

「ああ、あれかな」

音羽が追い越し車線に入りながら、またもハンドルを叩く。

「この子、男性を乗せるとやきもち妬《や》くんだよね。わたし一人のときは平気なのに」

「はあ？　なんだよそれ」

弦太は口を尖《とが》らせた。さっきもそうだったが、姉らしくない言葉だ。

車をこの子呼ばわり。擬人化したような物言い。子ども扱いされているようで、弦太は不快になった。いつもの音羽なら、こんなふうには言わない。

どこかずれてる。弦太は思った。

微妙な違和感がある。ボタンをひとつ掛け違えたような。もしくはパズルのピースが合っていないような。

はっきりどことは言えないけれど、なにかが普段と違う。

「病院に行く？」

音羽が唐突に言った。

「え？」

弦太は思わず姉を見た。

音羽が前方を見つめたまま、

「あと一時間くらいで着くよ。ほんとは来週が紅葉のピークらしいけど、予報じゃ雨なんだよね。病院に行け。弦ちゃんも知ってのとおり、お姉ちゃん、雨って苦手だからさ。びょういんにいけ」

「音ちゃ……」

言いかけた声を、弦太は呑《の》んだ。

これは姉ではない——、と思った。すくなくとも、自分が知っている姉ではない。いま自分は、これと会話すべきではない。

スピーカーが激しく雑音を発している。

「樹くんとも、またどっか行こうよ」

「…………」

「ただしスキーとかボードはなしね。お姉ちゃん、できないから。温泉はどう？」

「…………」

その後しばらく、音羽は一人でしゃべりつづけた。

「嬉《うれ》しー。一人暮らしだと、果物って高くて買えないもん」「後ろに座ってもいいよ、重役みたいにさ」「病院に行け」「荷物、適当にどかして座って」「自分が運転するなんて思わなかったなあ」「びょういんにいけ」

ほとんどの台詞が焼き直しだった。今日すでに聞いた言葉が、彼女の口からランダムに垂れ流される。合間に不可解なフレーズが挟まれる。弦太はなすすべもなく、助手席で身を硬くしていた。

帰りたい、と思った。

車とは走る密室だ、と痛切に思い知った。

この狭い空間と猛スピードの中に、姉ではないなにかと取り残されたことが、恐ろしくてたまらなかった。腋《わき》の下が冷や汗でびっしょり濡《ぬ》れている。

それから、どれほどの時間が経ったのか。

「……——したの？」

呼びかけられ、はっと弦太は顔を上げた。

「どうしたの弦ちゃん、酔った？」

横から覗《のぞ》きこまれる。気づかわしげな姉の顔が、そこにあった。

姉の目つき、姉の声だった。

——音ちゃんだ。

弦太の胸に、どっと安堵《あんど》がこみあげた。

さっきまでのあれじゃない。音ちゃんだ。よかった、帰ってきた。おれの姉が、ちゃんと戻ってきてくれた。

「ごめんね、運転荒かったかな。気分悪い？　いったん高速降りようか」

「うん」

シャツの胸を押さえ、弦太はうなずいた。

「気持ち悪い、……ていうか、ごめん。帰りたい」

弦太は言い張った。普段ならすこしばかり体調が悪くても、姉を気遣って我慢する。だがいまは礼儀も思いやりも吹っ飛んでいた。

「帰りたい」

語尾に力をこめ、弦太は繰りかえした。


「あら、早かったのねえ」

帰宅した彼らに、母が目をまるくする。

弦太は力なく「おれが急に、具合悪くなっちゃって」と言うしかなかった。実際、体が重かったし頭痛がした。靴を脱ぐのがやっとだった。

「ごめん。わたしの運転が下手だったみたいで、車酔いさせちゃった」

「あらあ、珍しい」

姉と母の会話を、弦太は背中越しに聞いた。

異変を察したか、モモイロインコの桃助《ももすけ》までもが鳥籠《とりかご》で騒ぎだす。羽をばたつかせ、嘴《くちばし》の中で「ぐじゅるぐじゅる」と不明瞭《ふめいりょう》な音をたてる。

「具合悪いなら、着替えて寝ちゃいなさい。一応、熱もはかってね」

「わかった……」

「音羽ー。オレンジまだあるけど持ってく？　切り干し大根の煮たのと、シチューの残りもあるよ」

「いるいる。全部もらう。ありがとー」

重い体を引きずって、弦太はジップアップパーカーを脱いだ。洗濯機に放りこむことすら億劫《おっくう》で、いったんソファにかけた。

桃助のかん高い声がつづいている。

「ぐじゅるぐじゅるる、ゲンチャン、ゲンチャ、モモチャン、ぐぐじゅるるる、オハヨ、オハヨー。タダイマ、ぐじゅる、コロスゾ、ぐじゅるるる、じゅぐ、コロス、オハヨー、モモチャ、コロス、ぐぐじゅるる」

幻聴だ。弦太は自分に言い聞かせた。

桃助がこんな言葉を発したことは一度もない。家族が教えるはずもなく、桃助が覚えるわけもない。おれはいま、きっと熱があるんだ。熱にうかされての幻聴だ。そうに決まっている。

足をもつれさせながら弦太は進んだ。

その背に、桃助の声が突き刺さった。

「ぐじゅじゅるる。――コロスゾ」

2

九州や四国では、とうに桜が咲いたらしい。関東では気温が十五度を超える日も珍しくない、と聞く。

しかし森司たちの住むこの雪国は、まだまだ寒かった。

俗に三寒四温と言うが、体感では三寒三温といったところだ。さすがに玄関前が埋まるほどはもう降らないが、依然として雪のちらつく日は多く、冬の重装備は解けない。

そんな中、森司のアパートでは祭りが開催されていた。

たこ焼きパーティーならぬ、春の惣菜《そうざい》パン祭りである。

共催者は、同じオカ研部員の鈴木瑠依だった。彼はパン工場でライン作業のバイトをしており、各種パンを社割で買える立場だ。しかし少々先を見越しすぎたか、買いこんだ惣菜パンの多くに消費期限が迫っていた。

「すみませんが、消費に協力してもらえません？」

と鈴木からヘルプコールが入るやいなや、

「まかせろ」

即座に森司は請け合った。

最近は、野菜も菓子もパンも洩《も》れなく値上げラッシュだ。お値段据え置きかと思いきや、中身がぼっちり減らされていたりもする。貧乏学生としては、食費が浮くならばなんでも諸手《もろて》を挙げて大歓迎であった。

一時間後、鈴木は段ボール箱を抱えて来訪した。

箱にはとりどりのパンが詰まっていた。しょっぱい惣菜系は、カレーパン、焼きそばパン、ホットドッグ、卵コッペ、ツナマヨコッペ等。甘い菓子系はクリームパン、メロンパン、餡《あん》バタコッペ等々。

まず森司と鈴木は、ざっと検品および仕分けをした。

消費期限に比較的余裕のあるものは、アパートの先輩たちに配ってまわった。そのお礼として、過去問、野菜、缶ビールなどをゲットした。

そして部屋に戻った森司たちは、祭りをひらいた。

まずパンを包丁でひと口大に切る。爪楊枝《つまようじ》を刺してカナッペふうにしていく。期限がすでに切れたものは、森司がフライパンで揚げ焼きにした。クリームパンだろうが焼きそばパンだろうが、種類を問わず熱い油に浸した。

「かんぱーい」

もらったばかりの缶ビールを開け、乾杯した。

揚げたてのクリームパンをひと口かじる。

「美味《うま》い!」

森司は大きく首肯した。

「やはりカロリーは美味い。糖と炭水化物と油の出会いだ。まずいはずがない」

「甘いパンは、酒に合わんのとちゃいます？」と鈴木。

「いや、甘いのとしょっぱいのを交互にいくことで、全然いける」

揚げなおしのカレーパン。揚げたてのメロンパン。揚げずにオーブントースターで温めたホットドッグ。どれも美味い。

さすがにパンだけでは栄養に不安があったため、森司は肉野菜炒《いた》めを供した。

「最近、肉野菜炒めに開眼したんだ」

ビールから水割りに切り替えつつ、森司は言う。ちょっと前に、ご老人を助けて入手した高級ウイスキーである。

「以前は面倒くさいから、肉も野菜も全部一緒に炒めていた。しかしレシピどおりに、下味と粉を付けた肉を炒め、皿に取りだし、野菜を炒めたら最後に肉を戻す――この工程でやると、確かに美味いんだ。わざわざ面倒なことをするには、ちゃんと意味があったわけだ。先人の知恵ってすごいなあ」

「これ、豚肉ですか？」

「豚コマだ。最近は豚バラも高くて買えなくなってしまった」

言葉の端々に、微妙な貧しさが漂う。

「ともあれ一食浮いた。助かったよ。節約中なんだ」

「節約？　いままで以上にですか？」

「うん。ホワイトデイがさんざんだったから、こよみちゃんへの埋め合わせを計画していてな」

「ホワイトデイ〝が〟というか、ホワイトデイ〝も〟というか」

鈴木が嘆息した。

「なんでそないに、出歩く先々でトラブルを拾うんですか。普通の人やったら『お祓《はら》い行け』って勧められるレベルですよ」

「おれは普通だ」

と森司は一応反論してから、

「ていうか、おれのせいじゃないと思うんだよな。高校までは平穏に生きてたんだから。やはりオカ研の影響だと思う。もしくは部長の影響」

「まあ確かに、部長さんはただ者ではないですが」鈴木もうなずく。

「けどやっぱり、八神さんかて――」

「話題を変えよう」

森司は声を張りあげた。

「鈴木、自動車学校のほうはどうだ？　先週から通ってるんだよな。仮免まで、スムーズにいけそうか？」

「全然ですわ」

鈴木がてきめんに渋い顔になる。

「予想はしてましたが、早くも指導教官に嫌われました。おれの髪形も関西訛《かんさいなま》りも、はきはきしてへんことも、こんな顔なのに男なことも全部気に入らんようで」

「ああ……。教習所の教官って、体育会系のおっさん多いもんな。元警察官とか、元自衛隊員とか」

と納得する森司に、

「体育会系とは、相性最悪な人生です」

沈痛な面持ちで鈴木が言った。

「でも免許が取れるまでの辛抱ですしね。AT限定にしたから、走りながらエンストすることもあれへんし。まあそこも教官は『男のくせにAT限定か』と気に入らんようですが」

「AT限定、べつにいいと思うけどな。おれはマニュアルで免許取ったけど、いまどきたいていの車はATだし、不便ないと思うよ」

「世の中みんな、八神さん並みにこだわりの薄い人やったらええねんけど」

「あんまりパワハラがひどいようなら、苦情入れろよ」

再度のため息をつく鈴木に、森司は水割りを作ってやった。

「その手の教官は常習者だろうし、たぶん替えてもらえる」

「いやあ、下手に刺激するのもしんどいっすわ。低姿勢でこのままやり過ごします。さすがに、殴る蹴《け》るまではしてけぇへんやろし」

「殴る蹴るがあったら、大問題だ」

森司は顔をしかめた。鈴木は手を振って、

「でしょ。せやからそこまでは……あ、そやった」

唐突に膝《ひざ》を叩《たた》く。

「そういや、八神さんに訊《き》こうと思ってたんでした。四宮《しのみや》音羽さんって知ってます？」

「知らない」

迷う間もなく森司は言った。

「誰だ？　その四宮さんって」

「いや、その弟を名のる人に、今日自動車学校で話しかけられたんすわ。『オカ研の人ですよね？』『姉が三田村藍さんと同じ法学部だったんです。知りませんか？　四宮音羽』って」

「覚えがないなあ」

森司は腕組みした。

「ていうか藍さんは異常に顔が広いから、友人全員なんて把握しきれないよ」

「ですよね。で、その弟くんが『オカ研に相談したいことがある。でもよそのサークルって敷居が高いし、そもそも相談に行くほどのことなのか、自分でもわからない』て言うんです」

「気持ちはわかる」

森司は揚げメロンパンを口に放りこんだ。

「世の心霊現象なんて、九割が気のせいだもんな。そして大したことない現象ほど大騒ぎされる。交流がないよそのサークルに、近寄りがたいのもよくわかる」

「それはいいんすけどね。じつは押しに負けて、その四宮弟くんとLINEを交換してしまいまして」

鈴木が携帯電話を取りだす。

「藍さんのご友人の弟やー言うから、断られへんくて。けど、そっか。八神さんが知らんなら、削除してもええかな……」

「いきなりLINE教えたのか。SNSじゃなく？」

森司は鈴木の液晶を覗《のぞ》きこんだ。

「いや、向こうは『インスタ教えて』って言うてきたんです。けどおれSNSやってへんし、しかたなくLINEのIDを」

「アカウント作れよ。簡単だぞ」

後輩がすこし心配になり、森司は言った。

「おれですら、閲覧と連絡用にアカだけは一応持ってる。発信はいっさいしてないし、今後もする気はないが、それでも……」

言葉の途中で、着信音が鳴った。

鈴木の携帯電話だった。鳴りつづけている。LINEアプリの、メッセージのほうではなく通話のコール音だった。

画面を確認して、

「まさにその、四宮弟くんです」

鈴木が言う。

「……出たほうがええっすよね？」

「と、思う……」

森司はうなずきかえした。覚悟を決めた様子で、鈴木が応答する。

「はい鈴木です」

「あのう、やっぱり相談に行ってもいいですか？」

切羽詰まったような声が、室内に響いた。涙で潤んだ声だ。

「も、桃助。桃助が、いきなり泡吹いて、ぶっ倒れて」

「え？　モモスケさん？」

鈴木は目を白黒させた。

「ちょお待ってください。大丈夫なんすか、そのモモスケさんは？」

「わかりません。でもしばらく、起きなくて。さっき母が医者に連れていきました。あ、もちろん母の車です。あっちの車じゃなく、母の車」

どうも要領を得ない。しかたなく森司は割りこんだ。

「えーと、すみません。鈴木の先輩です。というかオカ研の者です。お姉さんを電話口に出していただくことって、可能ですか？」

「無理です」

相手はぴしゃりと言い、つづけた。

「姉は、去年死にましたから……。ご相談したいのは、姉が生前に乗ってた車のことなんです。お、おれが今日乗ったら、またおかしなことになって。どうかお話だけでも、聞いてもらえませんか？」

森司に断る選択肢はなかった。

最後に「桃助さんて、ご兄弟ですか？　ああペットの鳥」と確認し、

「お大事に。よくなるといいですね」

と告げて通話を切った。

3

翌日の日曜午後、さっそく四宮弦太はオカ研の部室に訪れた。

鈴木と同学年だという彼は、すべてにおいて鈴木と対照的だった。電話口の声こそ気弱そうだったが、実物は肩幅が広く、胸板は厚く、縦も横もがっちりとしていた。浅黒い肌といい太い眉《まゆ》といい、どこか南国の血を思わせる風貌《ふうぼう》だ。

「きみが、音羽ちゃんの弟さん？」

まじまじと藍が彼を見つめる。

「似てませんよね。よく言われます」

気を悪くした様子もなく、弦太はあっさり認めた。

「異父弟なんです。おれは母の二番目の夫の子でして……。生前の姉がお世話になったそうで、ありがとうございます」

「いえ、こちらこそ」

藍は頭を下げてから、オカ研一同を振りかえった。

「音羽ちゃんは小柄で色白で、ちょっと体が弱くてね。けど性格はすごく明るかった。やさしくて、すっごくいい子だった」

長テーブルの上座には部長が着き、その横に泉水、そして森司、こよみの順で座っていた。鈴木はバイトで欠席である。

藍が弦太に向きなおり、真正面に座る。

「音羽ちゃんが亡くなったなんて知らなかった。告別式にも出ずに、ごめんなさい」

「謝らないでください。知らなくて当然です。姉はもう卒業していたし、こっちの都合で家族葬にしたんですから」

かぶりを振り、弦太は大きな化粧箱を持ちあげた。

「ところで、これお土産です。生クリームが好きだとお聞きしたので」

箱をテーブルに置き、ひらく。

途端に部長が目を輝かせた。

「うわあ、『La Pucelle』のホイップフォンデュ？　これ雑誌でもネットでも話題だよねえ。一度食べてみたかった」

化粧箱の中には、ホイップクリームの尖塔《せんとう》がそびえていた。持ち運び用にだろう、細長いプラスチックのカップをかぶっている。

添えてあるのは棒状のシュー生地、クッキー、フルーツなどだ。チョコフォンデュのようにこれらにクリームを付けて──というか、すくって食べ進めるに違いない。

「ではコーヒーを」

こよみが腰を浮かせる。

「あ、おれがやりますよ」弦太が慌てて言った。

「おれが一番年下ですし、第一、いまどき女性にお茶くみさせるなんて」

「座っていてください」

こよみが凛然《りんぜん》と言う。

「これは、わたしの領域です」

そう、コーヒーは彼女の領域である。森司は内心で認めた。

豆の選別、ブレンドの配合、そして客に合わせたカップの選定。すべてに彼女特有のこだわりがある。そこに余人が立ち入る隙はない。

カップ運びを弦太が手伝うことで妥協し、コーヒーは無事行きわたった。

しばし全員で、ホイップクリームの塔を突き崩すことに専念する。

誰もが真剣かつ無言だった。六人がかりで崩しただけあって、塔は十分足らずで土台だけの残骸《ざんがい》となった。

「――さて糖分も補給したし、そろそろ弦太くんのお話をうかがおうか」

部長が切りだした。シュー生地の屑《くず》を、卓上ほうきでかき集めつつ尋ねる。

「お姉さんが遺《のこ》した愛車に、霊障があらわれたんだってね？」

「そうです」

弦太は口をナプキンで丁寧に拭《ふ》いて、

「正確に言えば、姉が死んだとき乗っていた愛車に――です」

と訂正した。

「ということは、自動車事故だったの？　それとも車内で心臓麻痺《まひ》でも？」

「事故のほうです。恋人の家永《いえなが》樹さんとドライブに出かけ、カーブを曲がりきれずにガードレールを突き破って、崖下《がけした》に転落しました。単独事故です。警察の調べでは、居眠り運転ではないかとのことでした」

「居眠りか。深夜だったの？」

「いえ、昼間でしたし、現場は見通しのいい道路でした」

「じゃあ体調が悪かったのかな？　たとえば前の晩に徹夜したとか、風邪で運転の直前に抗ヒスタミン薬を飲んだとか」

「わかりません。でも運転席にいたのは、樹さんのほうでした」

弦太は無表情に言った。

「さっき三田村さんが紹介してくださったとおり、うちの姉は病弱だったんです。だから途中で、運転を交替してもらうことがしばしばあった。それを見越して、保険も運転者の範囲を〝限定なし〟にしていました。だから遺体が発見されたとき、樹さんが運転席にいたのは不思議ではなかったんです」

「失礼を承知で訊《き》くけど……、揉《も》めなかった？」

藍が声を低める。

「そういう状況だと『おまえの息子が運転したせいで』『いやそっちの整備が悪かったんだ』なんて、責任のなすり合いになりがちよね」

「まあ……まったく揉めなかった、とは言えません」

弦太はひかえめに認めた。

「でも、しかたないです。事故の直後はみんな、取り乱して正気じゃなかった。おれだって、連絡を受けてから駆けつけるまでの記憶がほぼありませんし……。でもいまは両家とも納得の上、和解してます。それより――」

「それより？」

部長がうながす。

弦太が頭を掻《か》いて、「両家より、保険会社のほうが難物で」と言った。

「保険会社？　ああそうか」

　部長の眉が曇った。

「自殺を疑われたんだね」

「そうです。姉は昔から体が弱かった。その上、事故のすこし前に、重病の発症を宣告されていたんです。だから保険会社は『自殺、もしくは二人合意の上の心中じゃないのか』と……」

　だが結局、保険金は支払われた。

　家永家がいい弁護士を紹介してくれたおかげだ。

　保険会社という共通の敵と戦うことで、いったんこじれかけた両家の仲は修復された。現在はわだかまりなく、双方の家を行き来して線香を上げているという。

「それはそうと、ガードレールを突き破って崖から落ちたと言ったよな？」

　口を挟んだのは泉水だ。

「普通、車は大破だろう。なぜまだ家にあるんだ？」

「それが……。この点も不思議なんですが、なぜだか車は、たいして破損しなかったんです」

「乗っていた二人は死んだのに、か？」

「はい。フロントガラスが割れて、ボディがへこんだ程度でした。それを見た母が『これはきっと音羽の遺志よ。あの子が身を呈して愛車を守ったんだ』と言いだして」

「ああ、廃車にしなかった理由はそれか」

「馬鹿みたいですよね。でも姉を亡くした母は、茫然自失だったし……おれも強く言えませんでした。悲しむ気持ちは、一緒でしたから」

結局、母の意を汲《く》んで、音羽の愛車は修理された。

しかし乗る者はなく、車庫で半年以上眠りつづけた。

田舎の家ゆえ駐車スペースは十二分にある。一台ぶんをデッドスペースにしたところで、さしたる問題はなかった。

「ほんとうはおれ、十八になり次第、免許を取りたかったんです」

弦太は言った。

しかし彼は三月後半の生まれだった。

高校三年の夏休みや冬休みに免許を取得していく友人たちを横目に、しかたなく受験勉強に専念した。

その甲斐《かい》あって第一志望の雪越大学に受かり、さて教習所へは夏休みにでも――と考えていたところに、姉の事故が起こった。

「それで、運転する気力をいったん失くしまして……。でも一年近く経ったし、母の勧めもあって、自動車学校に通いはじめたんです。さいわい仮免まではスムーズにいけたもんですから、なんていうか……ちょっと私道で練習してみようかな、と」

「ふむ。それでお姉さんの車を使ったんだ」と部長。

「そうなんです。あ、えーっと、その話の前に」

弦太は掌《て》で顔を擦《さす》った。

「ちょっと話をさかのぼっていいですか。おれが、まだ高校生だったときのことです」

そうして彼は語った。

姉の生前、紅葉を見るため二人でドライブに出かけ、奇妙な現象に見舞われたときの話を。車が突然蛇行し、ラジオが不気味な声を受信し、ペットの桃助までもがおかしくなった、あの日のことを。

「……でもあのときは、全部気のせいで片づけたんです。気分が悪くなったのも発熱したのもほんとだし、熱にうかされての幻聴だろうって。あの日以降、おかしなことは起こらなかったせいもあって、忘れかけてたんですが……」

しかし気のせいではなかったのだ。

つい先日のことだ。仮免に合格した弦太は、母の許しを得て姉の車に乗った。

エンジンは難なくかかった。約一年間放置したとは思えぬ、いい音がした。

走りだしはスムーズだったし、ハンドルの遊び具合も適度だった。タイヤの空気も抜けていなかった。

怪異が起こったのは、発進直後だ。

点《つ》けてもいないラジオが「オリロ」「トマレ」とがなりだした。弦太が仰天していると、突然運転席のドアが開いた。

慌ててブレーキを踏んだが止まらず、あやうく隣家の塀に激突するところだった。もし私道でなく、もっとスピードが出ていたら大惨事となったはずだ。

ぶつかる寸前で止まった車から、弦太は転げ出るように降りた。全身が汗に濡《ぬ》れ、動《どう》悸《き》が耳もとで跳ねていた。

そんな彼に、スピーカーからの怪音が追い打ちをかけた。

コロスゾ――、と。

「母に内緒で売っちまおうか、とも考えました」

弦太はオカ研の面々に言った。

「でも母が悲しむだろうし……。それに売ったら売ったで、もっと怖いかなって。怒らせて、祟《たた》りがエスカレートするかもしれない」

「売ったはずの車が、気づいたら車庫に戻ってた――なんてことになったらねえ。怖すぎるもんね」と部長。

「そうそう、そうなんです。もしそんなことになったら耐えられません。事故を装って今度こそ廃車にするのも考えましたが、強硬策を取る前に、まずはオカ研のみなさんに車を見ていただけたらと……」

「うん、それがいいよ」

部長は請け合った。

「怪現象なのか整備不良なのか、見きわめてから廃車にしたって遅くはない。じゃあ、さっそく弦太くん家《ち》にお邪魔してもいいかな。今日はお母さんは？」

「仕事です。夜まで帰ってきません」

「よし好都合。泉水ちゃんと藍くんの車、二台で向かおう」

「それはかまわんが」

泉水が身をのりだし、弦太を上から下まで眺めた。

「いい体してるな、格闘技か？」

「柔道です」

照れたように弦太は笑った。

「うち、柔道一家なんですよ。母方祖父、おれの父、おれと三代つづけてです。姉の彼氏だった樹さんなんて、国体にも出た猛者《もさ》でした」

「へえ。ぼくは詳しくないけど、国体って凄《すご》いんだよね？」と部長。

「凄いです。おれの三倍くらい強かったですよ。そもそも二人が付き合ったのは、おれの応援に来てた姉に、樹さんが一目惚《ひとめぼ》れしたからなんです」

「そっか。じゃあお父さんも、彼氏をすぐ気に入ったでしょ」

「あー……いや、じつは父も祖父も故人でして」

弦太は首を振った。

「母は、最初の夫とは離婚しましたが、おれの父とは死別なんです。祖父が病死した翌年に、父も膵臓癌《すいぞうがん》で亡くしました」

「なのに、娘の音羽ちゃんまで？」

藍が慨嘆した。

「お気の毒に。お母さまは、さぞ気落ちしたでしょうね」

「やっと立ちなおってきたところです。だからこそ、母に車のことは言えないんですよ。これ以上心労の種を増やしたくない。なのに昨日、桃助が……」

「あ、そうだ。桃助くん大丈夫だった？」

森司はカップを置いて尋ねた。

弦太がうなずく。

「大丈夫でした。一時は心臓が止まりましたが、持ちなおしました」

「それはよかった」

「モモイロインコなんです。おれより年上でね、長生きする種類で、平均四、五十年は生きるそうです。名前こそインコですが、実際の種類はオウムです」

スマートフォンを操作し、弦太は画面を一同に見せた。

鳥籠《とりかご》を囲んだ家族写真であった。金属製の大きな鳥籠に、ピンクとグレイの羽毛をしたきれいなオウムがおさまっている。

弦太は籠の右側に立っていた。さらにその隣に、母親らしき中年女性がいる。籠の左側では色白の女性と、がっちりした男性が微笑んでいた。

「これが音羽さんと、樹さんだね？」

部長が確認する。弦太が首肯した。

いま一度画像を見つめ、「いい写真だ」と部長は目を細めた。

4

四宮家は、大学から車で三十分ほど走った住宅街に立っていた。

庭はなく、車二台ぶんのシャッター付き車庫と、客用らしきカーポートがスペースを埋めている。横の細いアプローチを通っていけば、玄関扉にたどり着くのだろう。家屋はごく平均的な、木造の二階建てだった。

「このシャッターの向こうだよね？　お姉さんの愛車は」

「はい」

弦太がリモコンを押した。

車庫のシャッターが自動で上がっていく。

中におさまっていたのは、予想以上に古い軽自動車だった。森司の脳裏を、子どもの頃に聞いたCMソングが駆けぬけた。懐かしい。とはいえ丸いライトも焦茶いろのボディも、いま見ても充分に可愛らしい。

「十年落ちどころか、二十年落ちの車種ね」

藍が唸《うな》った。

「まあ定期的に整備さえやってれば、いまどきは二十年くらい余裕で走るけど。弦太くん。音羽ちゃんの事故のとき、この車はもちろん調べたわよね？」

「はい。警察が調べ済みです。整備に問題はありませんでした」

弦太が請け合う。

「そうよね。だからこそ居眠りと推定され、保険会社には心中を疑われた」

自分の言葉にうなずき、藍は部員一同を振りかえった。

「泉水ちゃん、八神くん、どう？　なにか感じる？」

雪大オカ研において、霊感があるのはこの二人と鈴木である。

森司は首をひねって、

「ただの車じゃない、とは思います」

と言った。

「でも強烈に危険かと言われれば、ぶっちゃけそうでもないですね。二人も死人を出したんだから、もっとおっかない車かと覚悟してました」

「だな。すくなくとも、全方位に悪意を発しちゃいない」

泉水が眉根《まゆね》を寄せた。

「乗る者全員に、誰彼かまわず祟る——って車じゃねえのは確かだ。八神、試しに乗ってみろ。悪いが、おれのこの図体じゃ軽は無理だ」

確かに、百九十センチ九十キロ超えの泉水にこの車は酷である。

森司は基本的に、怖いのも危ないのも嫌いだ。だが今回は「まあいいか」と思えた。すくなくとも、この車から自分に対する害意は感じない。

「弦太くん、キイは？」

「あ、ここです」

壁のキイハンガーから、弦太が車のキイを取る。牧歌的な不用心さが、いかにも田舎という感じだった。

エンジン始動は当然プッシュでなく、キイを挿しこんでまわす旧式タイプだ。個人的に森司はこちらのほうが好きだった。エンジンをかけたぞ、という実感が湧く。

一分ほど耳を澄ませたが、エンジン音はおかしくなかった。
ラジオが勝手に点《つ》くこともない。一応つまみをまわしてみたが、ごく普通にＦＭ放送のクラシックが流れだした。

森司は車を降り、藍にバトンタッチした。

やはりなにも起こらなかった。エンジン音にもラジオにも変調はない。ハンドルの遊びを確かめてから、藍が弦太に声をかけた。

「ちょっと走らせてみていい？」

「どうぞ。こっち側の道が、ぐるっと私道です」

弦太の誘導どおり、藍が一周して戻る。なにひとつ問題はなかった。もとどおりにバックで駐車したときも、エンジンを切ったときも異変は起こらなかった。

「すみません」

弦太が額を拭《ふ》いて謝った。

「おれが乗ったときは確かに……。ああ、でもやっぱり、全部おれの気のせいだったのかな。そうかもしれない……」

「いやいや、大丈夫。気に病まないで」

黒沼部長が取りなした。

「さっき八神くんが『ただの車じゃない』と言ったじゃない。そのあと泉水ちゃんもこう言ったよ。『誰彼かまわず、乗る者全員に祟るわけじゃない』と。つまり、怪異の発動条件があるんじゃないかな」

「発動条件……」

「そう。きっとなにかある。怪異のスイッチが入るにいたるファクターがね。まずはそれを解明しよう。弦太くん、お姉さんはこの車をいくらで買ったって言ってた？」

「え、あ、わかりません」

弦太は目を泳がせた。

「でも百万超えはあり得ないから、全部込みで五十万くらいかな。姉はローンが嫌いだし、即金で買ったと思います」

「事故車かどうかは？　言ってた？」

「聞いてません」

　そうか、と部長が腕組みする。

「えーと、事故歴って車検証見ればわかるんだっけ？」

「はあ？　なに言ってんの」

「そんなわけあるか」

　藍と泉水が同時に突っこんだ。

「そうなの？　じゃあごめん、任せた」部長があっさり降参する。

「ぼく車は全然興味ないし、知識もないもん」

「それにしても、ほんっと崖《がけ》から落ちた車とは思えないわね」

　藍が車の前に仁王立ちになり、唸った。

「事故後に修理したとしても、見て、ボディパーツの隙間にほとんどズレがない。普通は事故車って骨格のどこかが歪《ゆが》むから、どうしても不均衡なズレができるのよ。とくにフェンダーのあたりとか、トランクやドアあたりにね」

「フェンダーの取り付けボルトまわりも問題ないようだな」

　しゃがんで車体をチェックし、泉水が言う。

「ここのボルトがはずれると、普通は塗装も剥《は》がれるもんだ。だが目視できる剥がれはほぼない。藍の言うとおり、とうてい事故車に見えん」

「スティーヴン・キングの『クリスティーン』みたいですね」

　こよみが眉間《みけん》に皺《しわ》を刻んだ。

「悪霊が憑いた車クリスティーンは、歪んだりへこんだりしても、確か自力で修復できたような」

「そこまでの車じゃない、と思いたいけど」

藍が嘆息する。泉水が立ちあがって、

「ともあれ、見た目じゃわからん。この車を買った中古車販売店に行くか。店には点検記録簿があるはずだ。まともな店なら見せてくれるだろう」


しかし、無駄足だった。

販売店には、四宮音羽なる人物が車を買った履歴がなかったのだ。

「でも姉は、確かにここで買ったって言いましたよ」

詰め寄る弦太に、

「そう言われてもねえ」

店主がかぶりを振る。

「ていうか、四宮さん家《ち》の音ちゃんならおれも知ってるよ。うちで買ってくれなかったんだなーって、正直面白くなかったんだ。まったく、うちの車にしときゃ、あんな事故なんぞ起きなかっただろうに……」

「ああいやいや、すみません」

反駁《はんばく》しかける弦太の口を、部長が慌ててふさいだ。まさか店先で喧嘩沙汰《けんかざた》を起こすわけにはいかない。

「お忙しいところ失礼しました。どうもどうも」

まだ不満そうな弦太を引きずり、一同は店から退散した。


「買った店がわからんとなると、次は運輸支局か」

泉水が言う。

「登録事項等証明書の発行を申請するんだ。それを見りゃ過去の履歴がわかる」

「でも今日、日曜よ」

「そうだったな」

藍の言葉に、泉水が渋い顔になる。

公的機関の多くは土日祝が休みだ。春休み中は、どうも曜日の感覚が狂いがちである。

「じゃ、運輸支局は明日以降だね。今日は今日できることをしよう」

部長は弦太を振りかえった。

「弦太くん、お姉さんの彼氏さん家《ち》って、いまからお邪魔できるかな？　お線香を上げに行きたいんだけどどう？」

「連絡してみます」

弦太が電話すると、さいわい樹の母親は在宅だった。

三十分後に行くと約束を取りつけ、一同は車に乗りこんだ。

5

家永家は、県庁にほど近い分譲マンションの十一階だった。

「すみません。いきなりご連絡して」

「いいのいいの。若い人が来てくれるのは大歓迎。最近は樹のお友達も後輩も、全然来てくれなくってね」

樹の母親は、すらりと痩《や》せた若々しい女性だった。享年二十四の息子がいたとはとうてい思えない。だがよく見ると、鬢《びん》のあたりに白いものが目立った。

「それにしても弦太くん、大きくなったねえ。階級上げた？」

「あ、はい。いまは八十一キロ以下級です」

「そうよねえ。それくらいの感じ」

まぶしそうに弦太を見上げ、彼女はふいに目じりを拭《ぬぐ》った。

「ごめんなさい。ひとまわり大きくなったせいか、だいぶ背恰好《せかっこう》があの子に似てきたなあと……。樹が家にいるみたいで、懐かしくなっちゃった」

声が潤んでいた。

涙を指でもう一度拭き、今度は泉水を見やる。

「きみはずいぶん大きいのねえ。百キロ以下級？　もう一階級下かな？」

「あと二キロほど絞って、九十キロ以下級にしようかと」

真顔で泉水が答えた。

まあ嘘ではない。大会等にはとくに出場しないというだけだ。樹の母親は「それがいいわ」と真剣にうなずいていた。

全戸南向きだけあって日当たりがよく、室内は暖かだった。

カーテンを開けはなした窓から、三月の陽射しが降りそそぐ。アロマディフューザーだろうか、ひと足早い桜の香りが漂っていた。

「さっそくですが、お線香を上げさせてください」

部長が申し出た。

「ええ、もちろん。こちらへどうぞ」

マンションゆえ仏間はなかった。

フローリングのリビングに、ごくシンプルな白木の仏壇が置いてある。立ったままお参りするスタイルらしく、座布団もなかった。

列を作り、一人ずつ順に鈴を鳴らして掌《て》を合わせていく。部屋を満たす桜の香りはアロマではなく、線香なのだと森司はようやく気付いた。

全員がお参りを終え、その後はリビングでお茶をいただいた。

樹の母親が、弦太に尋ねる。

「そちらのお母さんの様子はどう？　お元気になった？」

「徐々に元気になってきてます。もうちょっと、時間はかかると思いますが」

「そうよね。あなたのお父さんが亡くなったときも、そりゃあもう落ちこんで……。見ているこっちがつらいくらいだったもの」

「ということは、家永家と四宮家は古くからのお付き合いなんですね？」

部長が遠慮なく口を挟む。

樹の母親が微笑みかえした。

「うちの主人も、若い頃から柔道漬けだったから。武道の世界はけっこう狭いのよ」

「なるほど」

ちなみに樹の父親が留守がちなのも、ボランティアで子どもたちに柔道を教えているからだという。小中学生を集めての柔道教室だ。

「ご主人は若い頃、弦太くんのお父さんとライバルだったんですか？」

部長がにこにこと質問を重ねる。

「まさか。うちの人なんて、四宮さんに比べたら全然よぉ。四宮さんは全国ベスト十六、かたや主人は県三位がやっとだったもの」

「県三位は充分凄《すご》いですよ」

「まあわたしも、あの人にしちゃ上出来と思うけどね。けど四宮さんが立派な人だったのはほんとよ。強いだけじゃなく、人格者でねえ。音羽ちゃんのことも養子にして、弦太くんと分け隔てなく育てて……。でもなんでか、いい人ほど長生きしないものよね。

神さまに愛されすぎるのかしら」

言い終えて、ふと目線をそらす。

視線の先には樹の遺影があった。なるほど、家永家の息子も「立派ないい子」だったらしい。彼女の目じりが、またかすかに光った。

部長が渋茶を啜《すす》った。

「じゃあ樹くんが、四宮さん家のお嬢さんとお付き合いしてると知ったときは、さぞ驚いたでしょう」

「まあねえ」母親がまぶたを伏せる。

おや、と森司は思った。

彼女の語調に、微妙な含みを感じたのだ。

だがそれも一瞬だった。母親は顔を上げて、

「音羽ちゃんは、やさしくて明るい子だったわ。顔も性格もお母さんそっくり。あの子がいるだけで、その場がぱあっと明るくなった。そんなところもよく似てた」

「弦太くんのお母さまのことも、昔から知っておいでなんですね」

「そりゃあ、この世界では有名人だもの。彼女のお父さんは『県内柔道の革命児』とまで言われた人なの。強かったのももちろんだけど、県の柔道連盟をね、一人でこう、ばっさばっさと新体制に改革して」

自分の言葉に合わせ、大仰に刀を振るジェスチャーをしてみせる。その仕草に、みん

な笑った。

だがなごやかな空気を裂くかのように、

——ピンポーン。

チャイムが鳴った。

「あら、ちょっと待ってて」

樹の母親が立ちあがり、インターフォンのモニタを覗《のぞ》く。

「お隣さんだわ。ごめんなさいね」

リビングを出て、玄関口に走っていく。スリッパの足音が遠ざかり、ドアが開く音がつづいた。

「家永さーん、これ田舎から野菜が届いてね、おすそわけ。……あら、お客さま？」

「そうなの。息子のお友達が来てくれて」

リビングまで筒抜けである。隣人の声がつづく。

「それはよかったわあ。樹くんがいなくなって、この階もすっかり寂しくなったもの。……ねえ、それよりあちらの家族は、そろそろ出禁にしてもいいんじゃない？」

弦太の肩がぴくりと跳ねた。

——あちらの家族。

きっと四宮家のことだ。思わず森司は息を詰めた。

リビングに当の弦太がいることも知らず、隣人は早口でまくしたてはじめた。

「まったく図々《ずうずう》しいったら、人んちの大事な息子さんを殺しておきながら、わがもの顔で出入りして……。樹くんが運転席にいたって言うけど、ふん、どうだか。いまどき警察の言うことを鵜《う》呑《の》みにする人なんていやしないわよ。あそこは見晴らしのいいカーブだし、曲がりそこねて落ちるだなんてあり得ない。

それに樹くんには死ぬ理由なんかなかったんだもの、無理心中をはかる動機があったのは、あの女のほうだけよ。だいたい、病気持ちの女と付き合う時点で反対だったのよね。樹くんみたいな子にはもっと健康で、ばんばん子どもを産めそうな女の子でなきゃあ……」

まる聞こえもいいところだ。

どんどんうつむいていく弦太の背に、藍がそっと掌を当てた。

部長がお茶を飲みほし、

「──お隣さんが帰り次第、ぼくたちもおいとましようか」

と低く言った。

マンションを出てすぐに、弦太は駐車場の柱へ力なくもたれかかった。

「大丈夫?」

しきりに心配する藍へ、弱々しく微笑む。

「大丈夫です。……じつは事故の直後も、けっこう言われたんですよ。知人からも、全然知らない人からもです。だから、耐性付いたつもりでいたけど……油断してたせいで、ちょっとこたえました。でも大丈夫です」

「事故でも事件でも、被害者に対して心ないことを言う人っているよね」と部長。

「気にしないで、と言いたいとこだけど、気にしないなんて実際無理だよね。とりあえず、ぼくらにできることがあったら言って。『帰りたい』でも、『腹減った、奢《おご》れ』でもなんでもいいから」

「じゃあ……お言葉に甘えて」

弦太が柱から離れた。

「桃助を迎えに行きたいので、動物病院に寄ってもらっていいですか。ちょうどこの近くなんです。鳥も扱う獣医さんって意外にすくなくて、家の近所にないんですよ」

「それくらい、全然ＯＫ」

藍が指で丸を作る。

弦太が頭を下げて、

「ありがとうございます。ケージから絶対出さないと約束しますし、うちの桃助は臭くありませんから。ほんとです。モモイロインコは臭くない鳥種なんです」

「臭いはともかく、動物病院に行くのは好都合かな」

部長がスマートフォンを取りだす。

「弦太くん、いくつか獣医の先生に質問してほしいことがある。箇条書きにしてきみの

LINEに送るから、さりげなく訊《き》いてきてよ」

動物病院の駐車場で一同が待っていると、弦太は二十分ほどで出てきた。

「お待たせしました」

会釈した彼は、右手に金属製の鳥籠《とりかご》を提げていた。

止まり木に、画像で見たとおりのピンクの鳥が爪をかけている。頭は薄ピンクと濃いピンクの二色に分かれ、腹毛もやはりピンク。翼から尾にかけてはグレイである。

「けっこうでかいな」

森司は感嘆した。

実物は画像よりもだいぶ迫力がある。全長は三十センチ前後だろうか。公園で見る鳩など、これに比べたら雛《ひな》も同然だ。

「部長さん。言われたとおり訊いてきました」

弦太がスマホのメモ帳アプリを見ながら言う。

「えー、桃助の初診は、二十四年前の六月だそうです。寄生虫やカンジダ菌を持っていないか検査するためで、連れてきたのは母でした」

「なぜ桃助くんを飼いはじめたか、お母さまから理由を聞いたことはある？」

「え？　いえ、ないと思います。ただ『弦太が生まれる前からうちにいるの。あんたがおじさんになる頃も、きっとまだ生きてるわよ』とだけ」

「そっか」

部長はうなずいて、

「ちなみにお姉さんの誕生日っていつ？」と尋ねた。

「六月十二日──、あっ」

弦太が目をひらく。

「二十四年前の、六月。姉が生まれた月です」

「じゃあ娘さんの誕生記念に買ったのかもね。もうひとつ訊いていい？　弦太くんのお母さまは、霊とかスピリチュアルとかに関心ある人？」

「全然です」

即答だった。

「まったく興味がなくて、朝番組の占いすら気にしません。だからそういう意味でも、今回の件は言いづらくって……」

言葉を切り、弦太は怪訝《けげん》そうに部長を見やった。

「それって、車のことと関係あります？」

「どうだろうね。ぼくにもまだわからない」

部長は肩をすくめ、

「でも情報は多いに越したことはないからね。それより、そろそろ帰ろうか。この様子だと吹雪いてきそうだ」

と頭上を仰いだ。

彼の言うとおり、空は薄墨を刷《は》いたように暗くなりつつあった。

どこか遠くで、雷が低く鳴った。

6

その夜も鈴木は森司のアパートを訪れた。

本来は、弦太の相談について話し合うためだった。しかしドアを開けて入ってきた鈴木を見るや、森司は目をまるくした。

「なんだその顔」

「いやあ、ちょっとしたアクシデントで」

鈴木は右目のまわりに青痣《あおあざ》を作っていた。色みからして、できたての痣だ。

「まさか例の教官に殴られたのか」

「惜しい。けど違《ちゃ》います」

かぶりを振る鈴木に、森司はおそるおそるクッションを勧めた。ついでにもらいものの缶ビールも勧めた。

「あ、怪我したときって飲んじゃ駄目だっけ？」

「いいえ、いただきます。飲まんことにはやってられへん」

プルタブを開ける鈴木に付き合い、森司も一本開けた。

「それで、殴られたんじゃないならどうした？」

「まあ半分以上はおれが悪いんすよ」

ビールを呷《あお》って、鈴木がぷはっと息をつく。

「教習中にヘマしましてね。タイヤにチェーンを巻く講習中、バックファイアの音が聞こえたもんで、ついそっちを見てもうたんです。ほしたら教官が『よそ見するな！』とこう、拳《こぶし》を振りあげまして」

向こうに殴るつもりはなかったはずだ。そう鈴木は冷静に言った。ただ彼を脅したかっただけだろう、と。

だが鈴木は、実親に虐待を受けて育った。学校ではいじめを受けた。だから彼は、自分より体格のいい相手が腕を振りあげると反射的に逃げてしまう。頭で「まさか殴らないだろう」とわかっていても、体が勝手に動くのだ。

「避けた拍子に、近くの鉄柱にガン！　とぶつかりまして」

顔をしかめ、鈴木は右目を手で覆った。

「せやから、悪いのはほぼおれです。よそ見したんも、柱にぶつかって自爆したんも全部おれですから」

「いやいやいや、生徒に拳を振りあげる時点で駄目だろ」

森司はタオルを濡《ぬ》らして戻り、鈴木に手渡した。

「これで冷やせ。あと、やっぱり苦情入れたほうがいいぞ。教官替えてもらえよ」

「うーん。でも大ごとにしたくないんすよね」

「気持ちはわかる。でも実害が出たんだし……」

「まあ大丈夫ですって」

濡れタオルを目に当てながら、鈴木はあいたほうの手を振った。

「それより、四宮くんの相談のほうはどないでした？」

「ああ、うん」

うながされ、森司は今日のことをかいつまんで話した。

「――というわけで、あまり進展してないよ。話を聞いて、車の実物を見て、二、三箇所まわったってだけだ」

「まずは桃助くんが無事でよかったですわ」

「確かにそれはそうだ」

心から森司は同意した。

「きれいなオウムだったよ。近くで見ると、でかいわピンクだわで迫力あった。原産が南国の鳥や魚って、たいてい色が派手だよな」

「桃助くんのためにも、早く解決したらなあきませんな。というか一見進展はなくても、部長さんはいろいろわかってそうですが」

「かもな。あの人の頭の中は理解不能だ」

神妙に森司はビールを啜《すす》った。

そんな彼に、「部長さんはともかく」鈴木がぼそりと言う。

「……八神さんは、灘さんの考えくらい、わかったほうがええんとちゃいますかね」

「え、なんだよ急に」

ビールを噴きだしかけ、森司は思わず缶を置いた。

鈴木がタオルを目に当てなおす。

「べつに責めてるわけやないですよ。おれはお二人とも好きなんで、たまに歯がゆいってだけでね。というか灘さんといえば、学生新聞のほうはどうなったんです？　ホワイトデイが終わったら、取材どうこうと言われとったでしょ」

「あー、それな……」

森司は遠い目になった。

「じつは、逃げてる」

「なんで逃げるんです」

鈴木が苦笑した。

「取材くらい堂々と受けたらええやないですか。べつになんも、やましいことはあれへんでしょ」

「やましいことも後ろ暗いこともないよ。でも、おれは単純だからさ。誘導尋問にひっかかって、ついよけいなことまで口走りそうで……」

もごもごと森司は弁解した。

顔を上げた拍子に、タオルを裏返す鈴木に気づく。

「あ、タオルぬるくなったか？　替えようか」

「いえ自分でやります。すんません、洗面所貸してください」

鈴木が立ちあがった。タオルを手に部屋を横ぎり、洗面所の扉を開ける。

ほぼ同時に、森司と鈴木の携帯電話が鳴った。

グループＬＩＮＥの着信である。

部長からだった。

「やあ。さっき弦太くんから連絡があってね。やっぱり桃助くんの様子が妙で、教えてない剣呑《けんのん》な言葉ばかり連発するらしい」

例の「コロスゾ」のたぐいだろう。

森司はつづきを読んだ。

「それで弦太くんが、ひとつ奇妙なことに気づいた。桃助くんは、お母さまがそばにいるときは静からしい。しかし部屋に弦太くん一人のとき、さらに彼が背中を向けたときに限って『シネ』『コロス』等と言いはじめるそうだ。これは、発動条件がけっこう絞られてきたんじゃないかな」

メッセージを読み終え、森司は首を伸ばして洗面所をうかがった。

鈴木が戻る気配はまだない。

森司は携帯電話を両手で持ち、左右の親指で素早くキイを打った。

ただし、オカ研のグループLINEではない。黒沼部長の個人IDに宛てたメッセージであった。

「すみません部長、じつは別口のご相談が……」

洗面所のドア越しに、かすかに水の流れる音がした。

7

翌日にオカ研の部室に集まったのは、部長、森司、鈴木の三人だった。

藍は出社した。泉水はバイトへ行った。こよみは従姉《いとこ》の結婚式に出席するための、衣装選びに行ってしまった。

「この三人だけって、ちょっと珍しいですね」

「ね。ある意味新鮮だねえ」

新鮮ついでに、飲み物はいつものコーヒーでなく紅茶にした。ティーバッグゆえ、ダージリン、アールグレイ、キーマンと、それぞれ好きな味を選んで楽しめる。

お茶請けはいただきもののパウンドケーキを、皿に自立するほど遠慮なく厚切りにした。三月限定だという、林檎《りんご》とキャラメルソースのパウンドケーキである。

「ところで鈴木くん、その眼帯どうしたの？」

「あ、えーと、ものもらいです」

「長引くようなら、お医者行ったほうがいいよ」

弦太はなかなか来なかった。

時計の針が午後二時をまわり、今日はもう顔を見せないのかと思った頃、ようやく部長のスマートフォンが鳴った。

「四宮です。すみません、いまからお邪魔してもいいですか?」

「もちろん」

弦太が部室に現れたのは、約三十分後のことだ。

今日は真冬並みに冷えこんだというのに、マフラーも手袋もなしで息を切らしていた。あまり顔いろがよくない。

「申しわけないです。午前中は運輸支局に行ってきまして……。すこし気を落ちつけていたら、ついこんな時間に」

「ということは、なにかわかったんだね」

向かいの席を勧めながら部長が言う。

森司は一番無難だろうダージリンのティーバッグを選び、大きめのカップにたっぷりと淹《い》れてやった。

弦太が紅茶をひと口飲んで、膝《ひざ》に置いたバックパックを探る。

「これ、取ってきました。登録事項等証明書です。この保存記録っていうとこに、歴代オーナーの名前が入ってます」

テーブルに置かれた証明書を、森司たちは身をのりだして見た。弦太が指さした箇所に目を凝らす。

過去の所有車は二人いた。

初代オーナーは貝塚豊《かいづかゆたか》。二代目オーナーは貝塚聖良《かいづかせいら》とある。姓が同じだから、おそらく親戚《しんせき》だろう。どちらも住所は県内だった。

「これを見て〝気を落ちつける〟必要があったってことは、つまり弦太くんは二人を知っているんだね？」

部長が静かに言う。

弦太は肯定した。つづいて、その理由を答える。

重ねて部長が問うた。

「亡くなった音羽さんは、事故の前に難病が発覚したと言っていたよね。その病名も、教えてくれる？」

「はい。……」

さらなる弦太の答えを聞き、部長は腕組みした。

そしてため息まじりに告げた。

「ごめんね。やっぱりきみ、お母さまと話し合ってくれないかな。――彼女からの情報なしに、この事態を解決するのは難しいと思う」

8

総合病院の個室は、しんと静まりかえっていた。

引き戸を開けて入ると、手前にシャワーとトイレ。その奥にベッドがあり、窓のブラインドから洩《も》れた陽射しが、白い布団カバーに縞模様《しまもよう》を描いていた。

ベッドに横たわっているのは、五十歳前後に見える男性だった。

ひどく痩《や》せ、削《そ》げた頬は土気いろだ。左腕の静脈に点滴の針が刺さっている。

――薬で眠っていますから。

看護師からは、そう事前に言われていた。

点滴スタンドから下がった袋の中身は、医療用麻薬に違いなかった。死の直前の痛みを緩和するための薬だ。

個室に入ったのは部長、森司、弦太の三人だった。

〝彼〟がいる病院と病室番号は、貝塚聖良に教えてもらった。くだんの車の二代目オーナーであり、同時に音羽の父方従姉にあたる女性だった。

「病院に行け、か。……なるほど、こういう意味だったわけね」

部長がつぶやく。

三人で、ベッドの横に立った。

「──貝塚さん。貝塚豊さん」

眠る男性に、部長がそっと呼びかけた。

「こちらに四宮弦太くんが来ています。わかりますか？　あなたの娘さんと半分だけ血の繋《つな》がった、弟さん。つまり音羽さんの異父弟です」

貝塚の反応はない。

だが部長はしゃべりつづけた。

「あの軽自動車は、従姉の聖良さんから音羽さんに譲られた。名義変更や任意保険の継続手続きなどは、あなたも手伝ったそうですね。だが音羽さんは、それを母親と弦太くんに言えなかった。中古車販売店で買ったと嘘をついた。あなたと陰で会っていることは、二人には内緒だったからです」

実父と会うのは、けっしておかしなことではない。

責められるいわれもないはずだ。

だが音羽は隠した。両親の離婚が、円満なものでなかったと彼女は知っていた。自分の行動で、母によけいな心労をかけたくなかったのだ。

「年代的にあの車は、あなたが元奥さんと──音羽さんのお母さまと結婚していたとき、乗っていた車でしょう？　音羽さんにとっては、郷愁を呼び起こす車でした。あなたと暮らした日々の思い出そのものだった。お母さまだって、気づいていたはずですよ。なのに黙って受け入れ、事故後も廃車にせず家に置いていた。この意味、あなたにだってわかりますよね？」

貝塚は微動だにしない。なんの反応もない。

弦太もまた、無言のまま彼を見下ろしていた。

──あの人には、申しわけないことをした。

弦太の母親は、息子に対し、そうはっきり認めたという。

彼女の一人目の夫である貝塚は、〝県内柔道界の雄〟と言われた舅《しゅうと》に好かれなかった。貝塚は柔道どころか、武道全般と無縁な男だった。また病弱でもあった。

二人は反対を押しきって一緒になった。だがまわりに祝福されぬ結婚が、軋《きし》みはじめるまでに長くはかからなかった。

──うちという柔道一家の中で、ひどく肩身の狭い思いをさせてしまった。

──わたしも若かったから、あの人をかばいきれずに……。

「疲弊しきった末、あなたたちは離婚した。あなたはその後二度と結婚しなかった。しかし弦太くんのお母さまは、離婚の翌年に再婚した」

再婚相手は、舅のお気に入りの弟子だった。

以前から家族ぐるみで付き合っており、弦太の母とも十代の頃から親しかった男だ。周囲が諸手《もろて》を挙げて賛成するという、珍しい再婚であった。

「これは、あくまでぼくの想像ですが」

と部長は前置きして、

「貝塚さん、あなたは若い頃から体が弱かった。出かけても具合が悪くなり、途中で運転を替わってもらうことがしばしばだったのでは？　あなたは後部座席で休み、元奥さんが運転する。そんな構図が、記憶に焼きついていたんじゃないですか？」

部長はつづけた。

「さらに勝手に想像させてもらいます。あなたがたが夫婦だった頃から、弦太くんのお父さまは堂々と家に出入りしていた。お舅さんのごひいき選手だったからです。彼があなたの車を運転し、元奥さんが助手席。もしくは元奥さんが運転し、彼が助手席。それを後部座席のあなたは、なすすべなく眺める――。そんなシチュエーションも、間々あったんじゃありませんか？」

部長の声を聞きながら、森司は貝塚を見つめた。

まぶたの縁がわずかに痙攣《けいれん》していた。

「家族写真を見るに、音羽さんは母親似です」

部長の語調は穏やかだった。

「離婚後も、あなたは音羽さんと隠れて会っていた。年々母親に似てくる彼女に、あなたはいやでも元奥さんを思いださせられた。そこまでは、まあよかったでしょう。……音羽さんに、彼氏の家永樹さんを紹介されるまでは」

弦太くんのお父さんも、八十一キロ以下級の選手だったそうですね――。

部長は声を落とした。

「樹くんはあなたに、弦太くんのお父さんを想起させた。柔道家特有の体格で、おまけに同じく八十一キロ以下級。あなたが昔乗っていた車には、あなたの思念が染みついていた。その車を音羽さんが運転し、助手席には樹くん。そしてあなたは、後部座席……。その光景は、約二十年前の記憶をよみがえらせた。あなたにとって、ひどく屈辱的な記憶をです」

「おれがあの車に乗ると、変になったのもそのせいですか」

弦太がぽつりと言った。

「おれだって、柔道家だ。柔道家の体格だ。第一おれは、親父の息子です。親父に似ていて当たりまえですもんね」

「だね。紅葉を見たくて出かけたあの日、もし弦太くんが高校生ながら階級を上げていたら——事故に遭っていたのは樹くんじゃなく、きみだったかもしれない」

嘆息して、部長は貝塚に目を戻した。

「桃助くんを買ってきたのは、あなただそうですね」

森司の眉間《みけん》に、無意識に皺《しわ》が寄った。

そのくだりはここに来る前、弦太からも聞かされた。

貝塚は二十四年前、元妻に一言の相談もなく、ペットショップからモモイロインコを買ってきたという。約四、五十年も生きる鳥をだ。

当然、夫婦喧嘩《ふうふげんか》になった。貝塚は「娘が生まれた記念だ」と言い張った。一方、弦太の母は強く反論した。

——赤ちゃんが生まれたばかりなのよ。

——新生児の世話だけで手いっぱいなのに、ペットの面倒まで見られない。

——鳥なんて飼ったことないし、もし寄生虫や病気を持っていたらどうするの。

と。

貝塚もだいぶ言いかえしたようだ。

しかし離婚したときオウムを置いて出たことを鑑《かんが》みるに、やはり世話は彼でなく、妻のほうが見ていたのだろう。

「……世話できる自信がないなら、生き物を飼っちゃいけない」

森司は眉間に皺《しわ》を寄せ、言った。

「舅に気に入られなかった点は、同情します。でもそれも、この一点で帳消しだ。他人への当てつけのためにペットを買ってくるなんて、人間のエゴもいいとこですよ」

「そう、当てつけでした」

部長があとを引きとった。

「なぜって弦太くんのお父さまは、鳥アレルギーだった。あなたもそれをご存じだった。要するに、魔除《まよ》けのつもりで飼ったんでしょう。あなたは彼に、自分の妻子に近づいてほしくなかった」

だが藪蛇《やぶへび》だった。

貝塚のたくらみは、妻の心をよけい冷めさせただけに終わった。

「ちなみに弦太くんのお父さまは、再婚後も桃助くんを飼いつづけました。捨てろなどとは一度も言わなかった。樹くんのお母さまが誉めていらしたとおり、できた人だったようです。アレルギーの薬を飲む、桃助くんに近寄りすぎない等々の自主的な対策につとめ、子どもたちからペットを取りあげたりはしなかった。……彼の株はますます上がり、対照的にあなたのほうは下がる一方だった」

部長は眉《まゆ》を下げ、言った。

「あなたの生霊《いきりょう》が発生するスイッチは、わかりました。あの車と、元奥さんそっくりに成長した音羽さん、そして樹くんの存在です」

彼の声は、いまやささやき声だった。

「生霊だなんて、もちろんあなた本人にとっても未知数のアクシデントだったでしょう。でもぼくは、あなたには明確な殺意があったと思っています」

部長が身をかがめ、貝塚に顔を寄せる。

「音羽さんは自分の子じゃないんじゃないか――。あなたはずっと、そう疑ってらしたんですね？」

森司は視界の端で、弦太がぐっと拳《こぶし》を握るのを見た。

――おれと離婚する前から、あの二人は浮気していたのではないか。

――音羽はほんとうにおれの子なのか。

そう貝塚は疑った。

弦太の父が再婚後に音羽を養子にしたことも、疑念に拍車をかけた。彼は実際、音羽と弦太をわけへだてなく可愛がった。

音羽は母にそっくりだった。貝塚にも、弦太の父にも似ていなかった。不運なことに血液型も、二人のうちどちらが父であっても矛盾はなかった。

「桃助くんの口を借りて、あなたは連呼した。『コロス』『コロスゾ』と」

部長がつづけた。

「これ以上ない脅し文句であり、殺意の宣告です。ぼくは最初、樹くんや弦太くんだけが殺意の対象かと思っていた。でも、違いました。あなたの殺意から除外されていたのは、元奥さんだけだ。彼女の前でだけは、怪異はなりをひそめた。あなたはまだ彼女を愛していた。だが元奥さんが産んだ子どもたちのほうは、許せなかった。あなたは音羽さんを憎み、明確な殺意をもって死なせた」

でもね、違うんです――。

部長は睫毛《まつげ》を伏せた。

「すでに入院中のあなたは知らなかったが……事故の直前、音羽さんはある難病の発症を宣告されていました。遺伝性の腎臓《じんぞう》疾患です。つまりいまのあなたと、まったく同じ病気ですよ」

そのとき、弦太が低く呻《うめ》いた。

眠っているはずの貝塚に、はじめて顕著な反応があったからだ。

まぶたが動いている。

正確には閉じられたまぶたの下で、眼球が激しく動いていた。

「この難病は、X連鎖型遺伝形式なんだそうです。X染色体上の遺伝子変異によるもので、患者の約九割が遺伝性で男性に多く、女性患者の重症化はまれとされています。だがもちろん例外はある。……音羽さんは、その不運なうちの一人でした」

わかるでしょう――。

駄目押しのように部長は言った。

「女性にはきわめてまれな病気。遺伝以外での発症はあり得ない病気。そしてあなたの血を引いていない弦太くんは、同じ母親から生まれながらも、きわめて健康体だ。――ね？　どう考えたってこれは、あなたからの遺伝です。音羽さんは正真正銘、あなたの子だったんですよ」

貝塚の眼球は動きつづけている。異様なほど激しい動きだった。

「音羽さんは、帰らない」

冷徹に部長は告げた。

「あなたがいくら悔やもうが、とうに遅い。あなたの娘さんは二度と帰ってこない。ぼくらは一介の大学生に過ぎず、他人を裁く権利など持ち合わせません。でもあなたは、この事実を噛《か》みしめながら逝くべきだと思う。……あなたの血を分けた娘さんは、あなたの邪推で死んだ。二十三歳の若さで、二度と帰らぬ人となった」

それが、あなたのしたことのすべてです――。

個室に静寂が落ちた。

もはやなにも言うことはなかった。

部長が森司と弦太に目くばせする。三人はうなずき合い、病室を出た。

音もなく引き戸を閉める。


「大丈夫だ」

廊下を歩きながら、森司は弦太に言った。

「あの車も、桃助くんももう大丈夫。――今後は、なにも起こらないはずだ」

リノリウム張りの廊下は、静かに冷えていた。

9

森司はこの世に生まれてから、すでに二十回以上春の訪れを体験している。

しかし、不覚にも毎年驚かされてしまう。雪をかき分けて生える植物の強さ。日一日とはっきり増していく、陽射しの強さと暖かさ。まったく大自然とは驚異だ。空恐ろしいほどだ。

「弦太くん、お姉さんの車でバイパスを往復してみたそうです」

長テーブルの向こうで鈴木が言う。

「なにも起これへんかった、と言うてました。ラジオは通常どおりやったし、勝手に蛇行することもあれへんし、とにかく普通やったと」

「それはよかった」

森司は相槌《あいづち》を打った。

「ただその代わり、車としての調子はすこぶる悪なったようです。一気にがたが来たというか、年代相応になったというか、もろもろを鑑みて廃車を検討中だとか」

「なるほど。それが最善の道だろうねえ」

部長がゆったりとカップを口に運ぶ。

「で、桃助くんのほうは？」

「そっちも問題なしやそうです。一段と食欲旺盛《おうせい》になって、餌代がかさんで困るとは言うてましたが」

「あはは。元気ならなによりじゃない」

今日も部室は、彼ら三人きりだった。

午後からはこよみが顔を出すが、それまでは紅茶タイムである。珍しく部長は、砂糖もミルクもなしで味わっていた。

貝塚豊はまだ永らえているそうだ。だがめっきりと弱り、医師いわく「向こう二、三日が山」らしい。

弦太は「葬儀には行かない」ときっぱり断言した。

「母の出席を止める気はない。でも自分は行きません」と。当然だろう。彼にとっては、音羽と樹を死なせた仇《かたき》であった。

「あ、こんな時間や」

鈴木が壁の時計を見上げる。

「すんません。おれはバイト行きます」

「そのあとは教習だろ？」と森司。

「はい。せやから今日は、もう戻りません」

肩越しに振りかえった顔は明るかった。

引き戸が閉まるのを見届け、たっぷり一分近く待つ。

鈴木が戻ってこないのを確信してから、森司は部長に向かって深ぶかと頭を下げた。

「ありがとうございました」

「いやあ、いいのいいの」

殿様のごとく部長が鷹揚《おうよう》に手を振る。

「家名をかさに着てのクレームは駄目だけど、今回のことは正当な抗議だもんね。確かに一生徒が申し立てるより、黒沼の名前を出したほうが話は早い」

先日、森司が部長にLINEした「別口の相談」がこれであった。

ちなみに鈴木への「その眼帯どうしたの？」は、部長一流のおとぼけである。

ともかく相談の甲斐《かい》あって、例のパワハラ教官はあっという間に鈴木の担当からはずれた。

いまは三十代の男性教官が、ごく常識的に教えてくれるそうだ。おかげで鈴木の顔いろはぐっと良くなり、自動車学校へ楽しそうに通っている。

「いくら上の立場だからって、自分の気持ちひとつで他人をどうこうできると思っちゃいけないんだよ。ま、これは親や教官に限らないけどね」

妙にしみじみと部長が言う。

「ですね」

森司はうなずいた。まったくそうだ。

万が一貝塚が音羽のほんとうの親でなくとも、彼女を傷つけていい権利などなかった。パワハラ教官が、鈴木に拳《こぶし》を上げてはいけなかったのと同じだ。だがなぜか人は、往々にしてそこを履き違える。

部長が窓の外を眺めながら、

「ねえ、八神くん」

静かに言った。

「はい」

「いまぼくは中庭を見てるんだけどね。――逃げたほうがいいかも」

「なぜです？」

「新聞部の熊沢くんが来る」

「えっ！」

弾《はじ》かれたように森司は立ちあがった。

慌てていったん戸口に走り、はっと気づいてコートを取りに戻る。また走りかけてははっとし、帆布かばんを肩に掛ける。

「す、すみません。ではおれも、失礼します。部長を一人にしてすみません」

「気にしないで。こよみくんや泉水ちゃんがすぐ来るし」

「すみません」

言うが早いか、森司は部室を駆け出た。

廊下を走り、まだ熊沢が遠くにいることを確認してから、脱兎《だっと》のごとく逃げる。

――悪いが、まだ捕まるわけにはいかない。

内心で森司は掌《て》を合わせた。

だって、おれには大事な予定があるのだ。ホワイトデイを挽回《ばんかい》する一世一代のデート計画だ。事前に学生新聞ですっぱ抜かれ、台無しにされてはたまらない。

まだ雪の残る構内を、森司は必死の形相で走った。

第三話　狼は月に吠えるか

1

鼓実《つづみ》は自分の目が信じられずにいた。

——なんだろう、これは？

それは四つ足の獣に見えた。黒い影にも見えた。巨犬だった。全身あますところなく真っ黒で、双眸《そうぼう》だけが爛々《らんらん》と紅《あか》い。鼓実に向かって牙《きば》を剝《む》き、低く唸《うな》っている。

——狼？　まさか。

動物学には詳しくないが、ニホンオオカミが絶滅したことくらいは知っている。でもこの大きさ、この臭気。普通の犬ではあり得ない。

——というより、この世のものではない。

そう考えたそばから、馬鹿なと思う。

馬鹿な。この世のものじゃないだって？　じゃあなんだというのだ。化けもの？　妖《よう》怪《かい》？　わたしは頭がどうかしたんだろうか。ああ、でも、一歩も動けない。

——身動きひとつでもしたら、襲われて食い殺されそうだ。

脳裏を両親の顔がよぎる。次いで妹の顔がよぎる。

死にたくない。家族のためにも自分のためにも、こんなところで、こんな若さで死にたくない。助けてお父さん、お母さん。助けて小笛《こぶえ》。

――助けて。

そう強く願った、次の瞬間。

黒い塊が、ふっとかき消えた。

あとには異臭だけがあった。ものが腐ったような不快な臭いだ。

夢だったのだろうか――。そう鼓実は思いかけ、いや夢でも幻覚でもあり得ない、と打ち消した。

だってこの悪臭。まだ室内に色濃く残る獣の気配。確かに現実で、実体だった。この部屋に突如としてけだものが現れ、わたしに牙を剝いた。

――でも、なぜ？

そのとき、鋭い音が空気を裂いた。

スマートフォンの着信音だ。震えてうまく動かない手で、鼓実はスマートフォンをフリックした。

妹からだ。小笛の番号だった。

「……もしもし？」

「お姉ちゃん！」

悲鳴が鼓膜を打った。確かに小笛の声だ。恐怖でうわずっている。

「お姉ちゃん、助けて！」

「え――え？　どうしたの？　小笛？」

つづいた妹の絶叫は、鼓実の背すじを凍らせた。

「助けて、狼が！　ここに狼がいる！　わたし……わたし、殺される!!」

「小笛!?　小笛!!」

必死で鼓実は呼びかけた。

だが妹の返事はなかった。代わりに電話口に長々と響いたのは、魂消《たまぎ》るような悲鳴であった。

芝居ではなかった。本物の叫喚だと、いやでも伝わってきた。

その声は次第にちいさくなり、弱まり、消えかけていた。あえぎが聞こえた。いままさに消えゆく命の吐息――断末魔のあえぎだった。

鼓実の手から、スマートフォンがすべり落ちた。


その電話から、さかのぼること一週間。

鼓実は自宅のリビングで、妹の小笛とともにノートパソコンの画面を覗《のぞ》きこんでいた。モニタで再生しているのは、小笛が三十分前に送ってきた動画データだ。

「ねえお姉ちゃん。今回のこれ、めっちゃ巧《うま》く撮れてない？　お姉ちゃんだってそう思うでしょ？」

目を輝かせた小笛が、返答を迫ってぐいぐい身を寄せてくる。

「あー……。まあ、いいかもね」

渋しぶ鼓実はうなずいた。

今春に千葉の国立大学院生となる彼女は、四年前から『映画映像制作部』に所属していた。その名のとおり映像作品を制作するサークルだが、友人に誘われて入部しただけで、鼓実自身はさほど熱心な部員ではない。

——って、何度も説明してるのに。

家族にサークルのことまで言うんじゃなかったと、このところ鼓実はめっきり反省している。なぜなら三つ下の妹が、

「お姉ちゃん、今日も見てほしい動画があるの。ねえアドバイスちょうだい。お願いお願い。一生感謝するから！」

と毎日のように迫ってくるせいだ。

「ていうか小笛、何度も言うけど、わたしの意見なんて当てになんないよ。映像部の一員ってだけでずぶの素人だし、ホラー映画にも詳しくないし」

「ホラー映画じゃないよお。〝オカルト系動画〟だってば」

口を尖《とが》らせる小笛に、「どっちでもいいわ」鼓実は呆《あき》れ声を出した。モニタから顔を離し、手を大きく振る。

「ともかく、心霊好きの好みなんてわたしにはわかんないって。……まあでも、動画編

集のテクニックは上がってきたんじゃない？　展開の引っぱり方とか、クライマックスへの盛りあげ方とか、初期に比べれば段違いだよ」

「ほんと？　やったあ」

小笛が飛びあがらんばかりに喜ぶ。

「それ、ヒロちゃんにも伝えとくね。辛口なお姉ちゃんが誉めたって知ったら、きっとヒロちゃん喜ぶよ！」

「やめて」

うんざりと鼓実は手を振った。

そう、やめてほしい。かかわりたくない。

妹には悪いが、その〝ヒロちゃん〟には近寄らないと何年も前から決めている。

――呪われた子。

同じ町内に住む馬場《ばば》大海《ひろうみ》がそう呼ばれはじめたのは、十年近く前のことだ。当時、彼はまだ小学生だった。

鼓実はべつだん呪いなんて信じていない。非科学的だし、くだらないとも思う。とはいえ大海のまわりに、不可解な出来事が頻発したのは事実だ。過去には複数の被害者も出た。

つねにリアリストたらんことを、鼓実は心がけている。だから呪いは信じなくとも対策は取る。大海から距離を取る、という対策だ。彼の周囲に起こった事件群は、けっして無視できないものだった。

なのに妹の小笛と来たら、

「呪いなんて、馬っ鹿みたい！　脳みそ昭和ですかーって感じ。ヒロちゃんがほんとに呪われた子なら、わたしなんか巻き添えでとっくに死んでるよ！」

と、姉とは真逆の主張である。

大海と小笛は同い年だ。家が近いせいもあって、小学生の頃は毎朝一緒に登校していた。同じクラスになることも多かった。

口さがない級友には「大小コンビ」などと囃《はや》したてられ、実際親しかった。大海が不登校になってからも、週に一、二度は遊びに行っていた。

とくに馬場家の父親には、「小笛ちゃんがいなかったら、うちの子はどうなっていたか」といまも感謝されている。

「あの子が自殺もせず、それどころか社会復帰しつつあるのは、全部小笛ちゃんのおかげだよ。いくら感謝してもし足りない。頭が上がらない」と。

――社会復帰、ねえ。

妹には見えないよう、ひそかに鼓実は唇を曲げる。

――動画配信者だなんて、正当な社会復帰と言えるんだろうか。

もちろん、職業に貴賤《きせん》はないと思う。世のＹｏｕＴｕｂｅｒや動画配信者をくさすつもりは毛頭ない。編集スキルや自己プロデュース力があるぶん、ただの芸能人より彼らのほうが立派では？　とも考えている。

でもどうしても、頭の隅で悩んでしまうのだ。

中学のなかばから五年間引きこもった男性が、その末に動画配信をはじめたところで、親や友人が手ばなしで喜べる事態だろうか？　と——。

「せめて、もうちょっと平和な内容の動画にしたら？」

頬杖《ほおづえ》を突き、鼓実は言った。

「仮に人気が出たとしても、オカルト系配信者じゃ『やっぱり呪われた子だ！』って、またご近所さんが騒いじゃうよ。ゲーム実況とかVログとか、『激辛新商品食べてみました』系の、毒にも薬にもならないジャンルはどう？」

「駄目だめ。そんなの飽和しまくりの激戦区」

小笛が首を横に振る。

「うちらもいろいろ試したんだよ。その中で、一番再生数が伸びたのがオカルト系だったの。ヒロちゃんも最初は抵抗あったみたいだけど、いまじゃひらきなおってるよ。『こうなったらオカルト道を究めたい。ゆくゆくはおれ自身の正体も探って、解明したい』って意気込んでる」

「おれ自身の正体、って……」

鼓実は肩をすくめた。付いていけない。妹には悪いが、やっぱりかかわらないのが賢明なようだ。

手もとで着信音が鳴った。

小笛のスマートフォンである。

この音はSNSのダイレクトメッセージだ。二度、三度とつづけざまに鳴る。しかし小笛は、手を伸ばす気配もない。

「見ていいよ」

鼓実はうながした。妹が遠慮していると思ったからだ。

「ううん、いいの」

小笛が首を振る。と同時に、またも着信音が鳴った。

「ごめん。やっぱ通知切るわ」

「どうしたの？」

「なんでもない。ごめん」

眉《まゆ》を曇らせてスマートフォンをいじる小笛を、鼓実はいぶかしく眺めた。

妹は明るくて友達が多い。うるさいほど着信音が鳴るのも、SNSにかかりきりになることも珍しくない。こんなふうに通知を切るだなんて、はじめてだ。

操作を終え、小笛がスマートフォンを置いた。笑顔を作って「お姉ちゃん」と振りかえる。

「で、話戻すけどさ。お姉ちゃん、今回の動画ってほんとよくない？」

「うん。だから巧くなったったってば」

うなずいた鼓実に、小笛がさらに顔を寄せる。

「じつは今月中に、チャンネル登録者数、三千人超えを目指してんだよね」

「三千人？」

鼓実は鸚鵡《おうむ》返《がえ》しにしてから、

「それって凄《すご》いの？」

と首をかしげた。

「そりゃすごいよー。うちら、ど素人だもん。巷《ちまた》の超人気ＹｏｕＴｕｂｅｒと同じレベルで考えちゃ駄目」

「そうかもしれないけどさ。でも登録者数増やしたいだけなら、あんたが顔出し配信やったほうが早くない？　ほら、可愛い服着て、にっこり笑って」

鼓実は茶化した。だがなかば以上は本音だった。

だって、小笛は可愛い。実姉の目から見ても美少女だ。くりっとした二重の猫目。マスカラを塗らずとも、生まれつき長く濃い睫毛《まつげ》。にきびひとつない頰。

小笛は去年、千葉市内の私立大学に入学した。またたく間にサークル勧誘の男子学生が群がり、列をなし、その中にはミスコンの開催委員長までいたという。どこへ行っても目立つ、自慢の妹であった。

――だからこそ、馬場大海とはそろそろ縁を切ってほしい。

そう内心でため息をついた鼓実に、

「……あのさ、お姉ちゃん」

小笛が声を低めた。

「じつはさ、ヒロちゃんが『登録者数が三千人いったら、小笛に大事な話がある』って言うんだよね。……どう思う？」

「ちょっと！」

鼓実は思わず気色ばんだ。

年頃の男子が異性に対して〝大事な話がある〟だなんて、答えはひとつしかない。愛の告白以外考えられない。小笛のような子が相手ならば、なおさらだ。

——でも、冗談じゃない。

「もう会うのやめな」

ぴしゃりと鼓実は言った。

「配信の手伝いも、今後は理由を付けて断るんだよ？　完全に勘違いさせちゃってるじゃん。この動画みたいに、テーマパークでデートまがいのことなんかするからだよ。これ以上は駄目。絶対に駄目」

「でも、ヒロちゃんの社会復帰がかかってるんだよ」

困り眉で小笛が言う。

「五年も引きこもってたんだもん。モチベが必要だと思うんだよね。ここでわたしが見捨てたら、ヒロちゃん、また引きこもりに戻っちゃうかも」

「だとしても、ほんとうに付き合うまでは無理でしょ」

「え……、うーん」

「小笛！」

鼓実は焦《じ》れて叫んだ。

まったくうちの妹は、お人好《ひとよ》しにもほどがある。色恋沙汰《ざた》は、さすがに慈愛やボランティアの域を越える。告げ口なんて嫌いだけれど、親に報告すべきだろうか。

「あのね、小笛……」

言いかけた鼓実を封じるように、またも着信音が鳴った。今度はLINEだ。

「もう、さっきからなんなの、ストーカー？」

苛々《いらいら》し、つい皮肉が飛び出た。

だが妹の反応は意外なものだった。

「うん」

真顔だった。

白紙のような、まったくの無表情だ。

その顔つきに、鼓実は思わず怯《ひる》んだ。気圧《けお》された、と言ってもいい。はじめて見る妹の表情であった。

「え、ちょっと――。小笛」

「なーんて嘘うそ。冗談」

いつもの顔つきに戻り、妹がけろりと笑う。

「あはは、冗談だってば。お姉ちゃん、なんて顔してんの。大丈夫だよ。もしストーカーだとしても、うまくかわせないほど子どもじゃないって」

その会話を鼓実はのちに思いかえし、幾度も悔やむことになる。

なぜもっと突っこんで訊《き》かなかったんだろう。なぜ親に報告しなかったんだろう。馬場家にはもう行くなと、両親からお説教してもらえばよかった。

――そうすれば、小笛はいまも生きていただろうに。

鼓膜の奥で、小笛の声がよみがえる。

――ヒロちゃんがほんとに呪われた子なら。

――わたしなんか巻き添えでとっくに死んでるよ。

もっとちゃんと叱ればよかった。鼓実は唇を嚙《か》む。

あんな軽口、言わせておくんじゃなかった。言霊なんて馬鹿らしいと思っていたけど、いまとなれば笑えない。

己を見舞う凶事を予言したかのような、不吉な言葉であった。

2

森司は新幹線のシートに身を沈め、「ふう」と息をついた。

自由席の車両の前で十分ほど列に並び、無事座ることができた。

二列シートの通路側席。隣はスーツ姿の中年男性。荷物は棚上へ預けず、膝《ひざ》の上に置くことに決めた。

——ここまではスムーズだ。よし。

そう己に言い聞かせた途端、隣からぷしゅっと音がした。

隣席の男性が、缶ビールを開ける音であった。彼は前座席の背もたれに付属した小テーブルをセットし、早くも駅弁までスタンバイさせていた。

——しまった。そういう楽しみ方があったか。

森司は内心でほぞを噬《か》んだ。

気づけばななめ前の男性も、その隣の男性も、缶ビールや缶チューハイに加えて駅弁をセッティングしつつあった。発車前から、しかも朝っぱらから、旅を満喫しまくる準備万端が整っている。

視界に入る駅弁は、鮭いくら系、牛肉系、押し寿司《ずし》等々、どれもこれも美味《うま》そうだ。同時に高価そうでもある。だが、こんな日くらい奮発してもよかった。

——駅弁という基本中の基本にすら頭がいかないとは。

われながら、旅の初心者にもほどがある。そう悔やみ、荷物を抱えなおす森司であった。

新潟発東京行き、上越《じょうえつ》新幹線、特急とき号。

乗るのはおそらく高二の夏ぶりだ。だがそのときは友達と一緒だった。夏休みに男ばかり四人で、代々木《よよぎ》公園の音楽フェスに行ったのだ。リーダー格の友人がてきぱきと仕切ってくれたおかげで、往復路の記憶はゼロに等しい。森司は黙って付いて歩くだけでよかった。

——その後は浪人で旅行どころじゃなかった。大学に入ってからは、ずっとオカ研での団体移動だった。

だからして、一人旅などはじめてである。

新潟から東京まで、約二時間。とはいえ席に座ってさえしまえば、あとは自動で終点まで運んでもらえる。楽勝だと思っていた。

——だが、あらためて気を引き締める必要がありそうだ。

森司は膝のバッグを開け、再確認した。

行きの切符、持ってる。よし。

帰りの切符、手配済みだし持ってる。よし。

財布も携帯電話もちゃんと入っている。よし。金と通信手段さえ確保していれば、たいていのことはなんとかなるはずだ。

今夜泊まるホテルは、ネットで予約した。東京駅からどの線のどの電車に乗ればいいかも調べ済みだ。あとは、そう——。

「こよみちゃんとの待ち合わせに、成功するだけだ……」

口中でつぶやき、森司は目を閉じた。

鼻さきを、隣席から漂う駅弁の匂いがかすめる。うむ。この香りは牛肉系だ。紐《ひも》を引いて化学反応で温める加熱式弁当は、便利だが匂いが広がるのが難点である。

──待っていてくれ、こよみちゃん。

空腹をこらえつつ森司は思った。

こよみは一昨日《おととい》、森司に先立って上京した。そして昨日、従姉《いとこ》の結婚式と披露宴に出席した。場所は都内のセレモニーホールだそうだ。

従姉夫妻ははじめのうち、入籍のみで式はなしの予定だったという。しかし花婿の祖母が「冥途《めいど》の土産に、あの子の晴れ姿が見たい」と言いだしたため、急遽《きゅうきょ》スケジュール変更となった。

どうせ式をするなら華々しくやってしまえ。ついでに披露宴もやっちまえ。やると決めたら盛大にゴージャスに、かつ大人数でわいわいと──。と豪快に話を進めていった結果、比較的遠方のこよみ一家まで招待されたという次第だ。

式と披露宴ののち、灘家の三人は二次会をパスしてホテルに戻ったらしい。そしてこよみの両親は今朝、新幹線で帰郷した。

一方のこよみは、東京から千葉へ移動。同時に森司も上京。待ち合わせ場所は浦安《うらやす》である。

さらに今夜は、ホテルに二人で一泊。明日の昼ごろに揃って帰郷。

──というのが、旅の全予定だ。

つまり今回の森司は、こよみとデートするため上京するのだった。

終点の東京駅から乗り換え、向かうのは舞浜《まいはま》駅だ。

こよみとは駅の南口で待ち合わせをしていた。その後は直通バスで、有名テーマパーク『フェアリーズガーデン』へ向かう約束である。

──おれはこれから、メルヘンかつポップでキュートなテーマパークで、好きな女の子と一日じゅう遊んでしまう。

まぶたを閉じたまま、森司はしばし感動にひたった。

──なんて大学生っぽいんだ。なんて陽キャなんだ。

そうだ、おれが本来やりたいのはこれだった。心霊相談だの霊視だの、事故物件めぐりだのではない。おれは意中の乙女と、手を繋《つな》いでお花畑を駆けまわるような青春がしたかったのだ。

ひたっているうち、新幹線が走りだした。

車内アナウンスが流れる。

「本日もJR東日本《ひがしにほん》をご利用くださいまして、ありがとうございます。この電車は上越新幹線とき号、東京行きです。次は、燕三条《つばめさんじょう》に止まります……」

ちなみに上越新幹線は、新潟を脱出するまでが長い。

敷地面積がやたらと細長い新潟県を、下越、中越の順に縦断し、それから東京へ向か

うせいだ。関東から来るスキー客には絶好のルートだろうが、逆に新潟から上京する乗客たちは、

「四駅も走ったのに、まだ新潟の中かよ！」

と乗るたび新鮮な驚きを味わうことになる。

――いやまあ、それはいい。ひとまず落ちつこう。

森司は再度の息をつき、バッグからペットボトルのお茶を取りだした。駅弁に考えはいたらなかったが、さすがに飲み物は用意した。駅構内で買うと割高なのはわかっていたから、事前にドラッグストアで買っておいた。そういった節約方面にだけは気がまわるのだ。

蓋《ふた》を開けてひと口飲み、次いでタブレットを出す。

実父から借りた、昨春モデルの十一インチタブレットである。

――旅のおともに文庫本……とも考えたが、今日はどうせ、読書など身が入らないに決まってる。

なぜならこよみちゃんに会うのが楽しみで楽しみで、楽しみすぎて気もそぞろだからだ。現にいまも、にやけないよう頬を引きしめるだけで精いっぱいだ。

こんな日に、本をめくったところで無駄である。文意を頭に入れるどころではない。だからして可愛い動物やストリートダンスのショート動画でも眺め、二時間をつぶすほかあるまい。

さいわいJR東日本にはフリーWi-Fiがある。

設定して繋ぐと、ホーム画面らしきポータルサイトが表示された。

トップニュースの欄には、『昨日の東京株価終値』『強風による西日本各地の停電』『開発中の新薬の速報』などが並んでいる。

その中に、森司は〝オカルト〟〝死〟〝怪異〟の文字を見つけた。

無意識に、視線が引き寄せられる。雪大オカルト研究会に丸三年在籍した身の、悲しい性《さが》であった。指がひとりでに該当記事をタップする。

見出しは、

『オカルト配信カップル、痴情のもつれで殺人？　忽然《こつぜん》と消えた狼の怪異』

であった。

文字は頭に入らないと思ったが、さすがにニュース程度の短文なら理解できる。森司はざっと記事をなため読みした。

要するに、こういうことらしい。一昨日の深夜、千葉県浦安市に住むオカルト系動画配信者の男性とその恋人が、自宅マンションで女性ファンに刺されるという事件が起きた。男性はその場で死亡。恋人は現在も意識不明の重体。

犯人とおぼしき女性は、直後に同マンションから飛び降り自殺した。以下は通行人たちの証言だ。「女性が、黒いなにかと一緒に落ちていった」「大きな黒い犬だった。狼かもしれない」

しかし現場に残されていたのは女性の遺体のみだった。ともに落下したはずの狼もどきは、衆人環視の中、煙のように消え失《う》せたという――。

「うーん、部長が好きそうな案件だ」

森司はぼそりとつぶやいた。

とはいえ、雪大オカ研の出る幕ではあるまい。すでに警察が動いている他殺事件だし、なにより関東が舞台だ。管轄外もいいところである。

だが話の種にはなりそうだった。こよみちゃんと会ったら話題に出そう、と決め、森司は画面をＹｏｕＴｕｂｅに切り替えた。


雪崩れ打って次つぎ現れるショート動画を目で追ううち、往路の二時間はあっという間に過ぎた。

「終点、東京です。東海道《とうかいどう》新幹線、山手《やまのて》線、京浜東北《けいひんとうほく》線、中央《ちゅうおう》線、東海道線、地下鉄丸《まる》ノ内《うち》線はお乗り換えです。お忘れ物のないよう……」

東京駅は人だらけだった。

ぶつからないよう森司は人波を縫って歩き、京葉《けいよう》線のホームを探して歩いた。無事に乗りこみ、吊《つ》り革に摑《つか》まる。

「この電車は京葉線各駅停車、蘇我《そが》行きです。次は八丁堀《はっちょうぼり》……」

電車を一本逃しても、またすぐ次が来るのがありがたい。公共交通機関が貧弱な地方で暮らす森司には、便利すぎて魔法のようである。

「間もなく舞浜、舞浜。お出口は右側です……」

——着いてしまった。

降りた客たちが、いっせいに南口へ向かう。その波に押し流されるようにして森司は歩いた。

自動改札機に切符を入れ、ゲートを通る。あたりを見まわす。

——いた。

「灘！」

「八神先輩！」

二日ぶりのこよみが駆け寄ってきた。

彼女はカジュアルなジャンパースカートに薄手のボアジャケット。そして白のスニーカーだった。めっきり春の装いだ。

「関東は予想以上にあったかいなあ。コート着るか最後まで迷ったけど、着てこなくてよかったよ」

「わたしもブーツにするか迷いました。けど、スニーカーで正解でした」

ちなみに森司はデニムジャケットと綿のジョガーパンツである。歩きやすいよう、足もとは当然スニーカーだ。

「じゃ、行こうか」

「はい」

うなずきあい、二人はバス乗り場へと向かった。

彼らの目的地『フェアリーズガーデン』は、その名のとおりフェアリーテイル、つまり童話をモチーフとしたアトラクションやパレードが売り物の、大人も楽しめるテーマパークである。

ひと口に童話と言っても、グリム、アンデルセン、イソップといろいろある。だが『フェアリーズガーデン』は、中でもシャルル・ペローの童話を扱ったアトラクションが多かった。

こよみがペローのファンなこと、ペロー関連のレポートを三年間で五本書いたことはすでにリサーチ済みだった。

フランス文学史では〝ペロー童話における両義性とアンモラル〟を新旧論争に絡めて語り、児童教育学では『長靴をはいた猫』とロマン主義的アイロニー〟を、ジェンダー文学概論では『赤ずきん』とジェンダーの固定観念〟を題材にしたという。

――そんな彼女だから、きっと楽しんでくれるはず。

と、内心で拳《こぶし》を握る森司であった。

春休みだけあって、バスはそれなりに混んでいた。とはいえ座れないほどではない。無事に二人ぶんの座席を確保し、シートに身を落ちつけた。

「結婚式、どうだった？」

「それが人前式だったんです。わたし、人前式ってはじめて出ました。披露宴も盛大でしたよ。新郎新婦のお色直しが六回もあって」

「そりゃ凄《すご》い」

こよみの携帯電話に撮り溜《た》めた写真を見せてもらい、しばし話に花を咲かせた。

「先輩、今日はアパートから駅に直行でした？」

「いや、いつもの癖でいったん部室に寄ってしまった。一応、部長に『いってきます』を言ってきたよ。あ、そうだ。部長といえば……」

新幹線の往路で見たニュースを話題に出してみる。

例の、動画配信者カップルが刺されたニュースだ。

「オカルト系配信者だったらしいけど、おれ普段その手の動画は観ないからさ、知らない人だった。灘はどう？」

「『ひろうみチャンネル』ですか……。わたしも知らないです。部長なら、登録済みかもしれませんが」

「だな」

森司は深く首肯した。

「新幹線の中で暇だったから、動画の冒頭だけ何本か観てみたよ。記事によれば、犯人の女性は『ひろうみチャンネル』こと馬場大海さんのファンだったらしい。過激なファンが付くだけあって、確かになかなかのルックスだった」

「ルックスが……。八神先輩より上ですか？」

こよみが真顔で問う。

冗談か本気かはかりかね、森司は一応真面目に答えた。

「そ、そりゃもちろんだよ」

「泉水さんより上？」

「いや、そこまでではない」

こちらはきっぱり断言できた。

「でも大海さんは流行《はや》りの薄い顔で、目鼻立ちも整ってたよ。プロフィールによれば元引きこもりらしいけど、充分に清潔感があった。芸能人ほど超美男じゃなく、手が届きそうなとこが魅力だったのかも」

そこまで言ってから、

「……待てよ。泉水さんと鈴木が組んで、オカルト系配信者になるのはどうだ？」

森司は考えこんだ。

「動画の内容からして、馬場大海さんは霊感がなさそうだった。でも泉水さんと鈴木なら霊視ができて、しかもルックスは特Aランクだ。間違いなくファンが付くだろう。しこしこ地味にバイトしてるより、よっぽど儲《もう》かるんじゃないか？」

「それは無理です」

こよみが即、却下した。

「泉水さんも鈴木くんも、顔出ししたがるタイプじゃありません」

「だよな……。二人とも目立ちたがりじゃないし、なにより根が実直だ。浮き草の人気商売ができる性格にほど遠い」

腕組みする森司に、

「すみません。話を戻しますね」とこよみは言って、

「犯人の女性が落下したとき、一緒に狼のようなものが見えた――というくだりが気になります。錯覚や作り話にしては、突飛すぎますよ」

と眉間《みけん》に皺《しわ》を刻んだ。

「わたし昨日も今日も、テレビを全然観れていないんです。そのくだりについて、大手マスコミはどう扱っているんでしょう」

「おれも観てない。たぶん狼の件は抜きで、配信者を狙った殺傷事件とだけ報道してるんじゃないかな」

森司は答えた。

「下手な報道はクレームのもとだ。狼がどうだの消えただのと不用意に放送したら、『ふざけてるのか』『非科学的だ』と視聴者に叱られてしまう。それに……」

言いかけて、森司は言葉を呑《の》んだ。

斜め前に座る女性が、肩越しにこちらを睨《にら》んでいるのが見えたからだ。

しかも普通の目つきではなかった。

火の出るような眼差《まなざ》しである。

しまった、うるさかったか、と森司はつづく声を呑んだ。デートが楽しみすぎて、テンションとともに声のボリュームも上がってしまったようだ。

深く反省し、声を数ランク落として問う。

「……で、なんの話してたっけ？」

「非科学的な報道へのクレームです」

「ああそうだった」

うなずいて窓の外を見やる。

途端に視界に入った光景に、森司は思わず口もとをゆるめた。

目当てのテーマパークが、わずか数十メートルの距離まで迫っていた。

3

入園時刻は午前十一時九分だった。

ここ『フェアリーズガーデン』は対象年齢層が高めで、ジェットコースターなどの絶叫系アトラクションはすくない。おまけに園内でアルコールが買え、小休憩できるベンチも各所に設置されている。すべてにおいて、森司向きのテーマパークと言えた。

——そして家族連れより、カップルのほうが断然多い。

「わたし、ここへ来るのはじめてです」

「じつはおれもなんだ」

早くもわくわく感が高まってくる。

そのせいか入り口近くのショップで、うっかり彼らはかぶりものを買ってしまった。パークの外では絶対に着けられぬたぐいの、キャラクターもののフードとキャップである。

ちなみにこよみのケープ付きフードは赤ずきんで、森司のキャップは狼の耳と尻尾《しっぽ》付きだ。日ごろは節約節約の貧乏学生をも浮かれさせ、割高なグッズをつい購入させてしまうのが、イベントマジックの恐ろしさである。

店内に流れるBGMはラヴェルの『マ・メール・ロワ』だった。ペローの童話集を題材にしたピアノ連弾組曲だ。

こよみの蘊蓄《うんちく》によれば、

「『マ・メール・ロワ』は全五曲で編成されていて、最後の曲のタイトルが『妖精《ようせい》の園』なんです。『フェアリーズガーデン』というパーク名は、たぶんここから取ったと思います」

だそうであった。

「なるほど。やっぱりペロー童話がメインなんだな」

買ったばかりのキャップをかぶってうなずいたとき、森司の胃が「ぐう」と鳴った。

「ご、ごめん」

森司は赤くなった。

「じつはおれ、朝メシ食ってなくて……。今日はまだお茶だけなんだ」

「えっ。じゃあ先になにか食べましょう」

こよみが携帯電話を取りだした。アプリで、てきぱきと園内のマップを調べだす。

「入園早々ごめん。灘は、朝ちゃんと食った？」

「わたしはホテルの朝食バイキングで、かなりしっかり食べました。いつもの一・三倍は食べたはずです」

「わかる。朝のバイキングってつい食っちゃうよな」

十分後、二人は『ゴルディロックス・カフェ』なるレストランの中にいた。

メニューは『ゴルディロックスが熊の家で食べたリゾット』『赤ずきんがおばあちゃん家《ち》に持っていくぶどう酒』『ラプンツェルのちしゃサラダ』等々、ほとんどが童話モチーフであった。

「えーと、おれは『猟師が撃った狼肉のハンバーグセット』をライス付きで。ドリンクはコーヒーで、食後にください」

「わたしは軽めに『ねずの木のスープ』にしておきます」

タブレットでの注文を終え、ほっと森司はおしぼりで手を拭《ふ》いた。

「えーと、ここを出たら、まずはなに乗ろうか」

こよみがアプリを確認しながら答える。

「一番近いのは、『ブレーメンの音楽隊』のメリーゴーランドです。二番目が『ヘンゼルとグレーテルの旅』。ボートに乗って、ヘンゼルとグレーテル兄妹《きょうだい》の世界をVR体験するアトラクションだそうです」

「メリーゴーランドか」

森司は遠い目になった。

「いいなあ。灘が乗ってるとこ見たいな」

「見るだけですか？」

こよみが首をかしげた。

「先輩は乗らないんですか」

「いやあ、この歳になるとさすがに……。それより灘が乗ってるのを一方的に見たいというか、撮影したいというか」

「そんなのずるいです」こよみが反論した。

「わたしだって、先輩が乗ってるところ見たいのに」

「そ、そうか？」

森司はたじろいだ。

「おれみたいななんの変哲もない成人男性が、メリーゴーランドでぐるぐるまわってるとこ見たいか？　そんなマニアックなシチュ、需要ないだろう」

「あります。ここに」

こよみが強固に言い張る。

「大丈夫です、安心してください。わたしが先輩を逐一見つめ、撮影します。そしてデータは永久保存版にします」

「あ、ありがとう」

圧倒されて森司はうなずいた。

あまつさえ「灘がそう言うなら、乗ろうかな……」と乗り気になりつつあった。

普段なら覚えるだろう羞恥心《しゅうちしん》も、つい鈍ってしまう。これもまたイベントマジックのひとつである。

「メリーゴーランド……。となると、あの屋根かな」

窓の外に目を向け、途端に森司は「あっ」とつぶやいた。

「さっきの人だ」

「え?」

「バスの中で、おれを睨んだ人。ほら、おれがでかい声出したときに」

「ああ、はい」

こよみが納得し、森司の視線の先を追う。
二十三、四に見える女性であった。背が高く、痩《や》せている。ショートカットに黒縁の眼鏡。見るからに量産品のフリースジャケットとデニム。

アトラクションやショーには目もくれず、彼女はスマートフォン片手に通路を往復していた。三メートルほど歩いては、きびすを返し、来た道をまた戻る。それを何度も何度も繰りかえす。

「なにをしてるんでしょう」

「ほんとだ。なにしてんだろうな」

どうやらスマホカメラで撮影しているらしい。だが女性のカメラは茂みやベンチなど、およそ面白みのない物体にばかり向けられていた。

舞浜にもうひとつあるほうのテーマパークならば、まだわかる。あっちは各所に隠れキャラやシークレット等のお遊びがあるからだ。しかしここ『フェアリーズガーデン』に、その手のイベントはない。なんとも不可解な行動であった。

「たぶん研究では？」

こよみが言う。

「この一帯にのみ生息する昆虫とか、植物を撮ってるんじゃないでしょうか」

「あり得るな。言われてみればあの人、確かに社会人じゃなく学生っぽい」

森司が首肯すると同時に、ウエイターが横に立った。

「お待たせいたしました。ハンバーグセットのお客さまは……」

「あ、おれです」

森司は片手を挙げた。

鉄板の上でハンバーグがじゅうじゅう音をたてている。そのしたたる肉汁と芳香に、謎の女性への興味は一瞬で吹っ飛んでしまった。

4

食事を終えた森司たちは、予定どおりメリーゴーランドに向かった。

森司は驢馬《ろば》を模した木馬に、こよみは猫形の木馬に交替で乗った。なおかつ交替で、きゃっきゃと撮影し合った。

その後は『ヘンゼルとグレーテルの旅』に入った。二人乗りボートで運ばれながら、お菓子の家や魔女の襲撃を三六〇度VRで満喫した。

その次は『親指小僧の冒険』を選んだ。

同じくトロッコに乗っての体験型アトラクションだが、こちらはヘッドセットを装着する。悪者から逃げるため干し草に隠れたり、ベーコンやソーセージの間に身をひそめたりする映像が楽しい。巨大な包丁が真上から襲ってきて、ソーセージごと切られそうになるくだりは、なかなかにスリリングだった。

「これはグリム版の『親指小僧』ですね」

こよみが解説してくれた。

「ペローの『親指小僧』のほうは、『ヘンゼルとグレーテル』に『ジャックと豆の木』

を足したような話なんです。親に捨てられそうになって道にパンくずを撒《ま》き、魔女ではなく人食い鬼を出しぬいて、富を手に入れます」

今日は部長の蘊蓄ならぬ、こよみの解説が聞けるのが新鮮である。

——いやあ楽しい。なんて楽しいんだ。

道中のワゴンで買ったドリンク片手に、森司は笑顔で道を闊歩《かっぽ》した。

なんといっても、横にこよみちゃんがいるのが嬉《うれ》しい。二人一緒ならばどこでも楽しい。歩いているだけで、行列にただ並んでいるだけで楽しい。

「ほんとにいい天気ですね」

「日本海側と、同じ国とは思えないよな」

こんなたわいない会話だけで心が浮き立つ。なんなら、なにも話していなくても楽しい。同じ空気を吸い、同じものを見て同じ体験をしているというだけで、顔は勝手ににやけ、声のトーンが高くなる。

「あ！　ここは絶対入るよう、部長に言われてるんです」

こよみが青い館《やかた》の前で足を止めた。

「なんだ？」

「『青ひげの恐怖の館』です」

——いや大丈夫だ、これも楽しい。

普段であれば、お化け屋敷のたぐいは絶対に拒否する森司である。しかし愛する乙女の希望なら否《いや》とは言えない。おっかなびっくり足を踏み入れた。

だが、さいわい怖くなかった。

青ひげの七番目の妻となったヒロインが、鍵束《かぎたば》を持って館めぐりをするというライド型アトラクションである。グラフィックが美しく、むしろ芸術的ですらあった。途中で先妻の死体を見つけるシーンはあれど、映るのは手首から先のみで、とくにショッキングな映像はなかった。

「部長には、青ひげグッズをお土産にしよう」

「藍さんは文具が欲しいって言ってました。職場で使えるマスキングテープとか」

などと話しつつ青い館を出ようとした、そのときだ。

森司の目の前に、黒い犬がいた。

巨大な犬だった。四肢が太く、子牛ほどの大きさだ。

なまぐさい吐息が鼻さきをかすめた。

「うわっ」

ちいさく声をあげ、森司は思わず背にこよみをかばった。

しかし。

一瞬のち、犬はかき消えていた。

――幻覚？

森司は目をしばたたいた。いや違う、と思った刹那《せつな》。

「あなた……。視える、の？」

押しころした声がした。

森司は声の方向を見やった。

女性が立っていた。見覚えのある顔だ。バスの中で彼を睨《にら》み、つい先刻は何度も道を往復していた例の女性である。

間近で見ると、髪も服装もいっそう無造作だった。ノーメイクで、眉毛《まゆげ》すら描いていない。

「視える、のね？」

「え……」

森司は訊《き》きかえしてから、ああ、と内心で納得した。

「あなたの犬ですか。飼ってたんですか？」

と問う。

「えーと、最近亡くしたのかな？　でも大丈夫ですよ。あなたのペットは、まだあなたのそばに——」

だが女性の反応は予期せぬものだった。

顔を引き攣《つ》らせ、彼女は悲鳴を上げた。そして森司を、思いきり両手で突き飛ばした。

不意を衝《つ》かれ、森司はよろめいた。

急いでこよみが割って入る。その目が、はっと大きく見ひらかれた。

「えっ、あなた」

女性を見つめたまま、こよみが言う。

「──あなた、楠本《くすもと》鼓実さんでは？」

「え」

今度は女性が目をまるくする番だった。

こよみが勢いづく。

「やっぱりそうですよね。『現代心理学ジャーナル』に載ったあなたの論文、読みました。写真も載ってらしたから……。あ、『Research Gateway』にアップロードされる論文もいつも読んでます。それから──」

つづきは言えなかった。

女性が身をひるがえし、駆け去っていったからだ。

あとには、呆然《ぼうぜん》とする森司とこよみだけが残された。


「楠本さんを怖がらせてしまったようです……。前のめりすぎました」

こよみは落ちこみ、反省しきりであった。

癖でつい皺《しわ》が寄りがちな眉間《みけん》を、何度も人差し指で伸ばしている。

「脱兎《だっと》のごとく逃げられるなんて、わたし、また怖い顔になっていたかも……」

「いやいや、きっとおれのせいだよ。おれが無神経だった」

森司は取りなした。

「死んだペットが『まだあなたのそばにいます』なんて、いきなり言われたら気持ち悪いに決まってる。なんだこいつと思うのが普通だ。テーマパークが楽しすぎて、変なテンションになっていた。全部おれが悪い」

お互いを慰め癒《いや》すため、二人は近くのワゴンでチュロスを買った。森司はココナッシュガー、こよみは黒胡麻《くろごま》きなこを選んだ。

ベンチでひと休みし、チュロスをかじりながら次のアトラクションを決める。

時刻はまだ、三時ちょっと過ぎだ。

二人はその後、『サンドリヨン』のショーを観た。ゴーカートは『小人の靴屋』モチーフで、ぐるぐるまわるコーヒーカップは『マッチ売りの少女』だった。

途中で『長靴をはいた猫』の着ぐるみキャラクターに出会い、猫好きのこよみは喜んだ。一緒に写真も撮ってもらった。

「まだ早いけど、お土産も見ませんか？」

「うん。買うのはあとでも、リサーチしていこう」

と、お城のかたちのギフトショップに向かいかけたとき、

「あのう」

背後から声をかけられた。

振りかえると、さきほどの女性が立っていた。うって変わって、すまなそうに眉を下

げている。

　ポケットを探り、なぜか財布を取りだしてから、彼女は深ぶかと頭を下げた。

「さきほどはすみませんでした。わたくし、こういう者です。来期からは院生になりますが……」

　財布をひらき、なにやら抜いて提示してくる。千葉の国公立大学の学生証であった。

　――文学部　人文学科行動科学コース所属　楠本鼓実。

　やはりこよみが言ったとおりの女性らしい。

「こちらこそ、ぶしつけですみませんでした」

　こよみがカードケースを出し、やはり学生証を見せる。

　鼓実が瞠目《どうもく》した。

「灘こよみさん？　……もしや『実践主義の観点から見た戦後児童教育―地方教育行政史を通して―』を書いた、あの灘さん？」

　女性二人は急激に理解し合い、距離を縮めつつある。その横でぽつねんと、一人取り残される森司であった。

「すみません。先におことわりしておきます。これから失礼な質問をしますが、どうぞお許しください」

　鼓実がふたたび頭を下げる。真剣な顔で、彼女はこよみに尋ねた。

「こちらの男性は、信用できる方ですか？」

どうやら森司のことらしい。

「はい」

こよみが即答した。

「保証します。誰より信頼できる、わたしの先輩です」

女性二人は、しばし見つめ合っていた。やがて、ふっと鼓実が肩から力を抜く。彼女は森司に向きなおり、問うた。

「お聞かせください。どうしてあなたには、黒い犬が視えたんですか?」

「いや、えーと……」

森司はキャップの上から頭を掻《か》いた。

「すみません。視えたから視えた、としか言えません。そういう体質なんです」

「体質……」

「楠本さん」

こよみが遮り、近くの建物を指した。

「立ち話もなんですから、座って話しませんか?」

5

三人が入ったのは『ヘクセンハウス』という名のカフェだった。

その名のとおり、外観および内装はお菓子の家である。クッキーとジンジャーブレッドの壁、チョコレートの屋根。そしてキャンディの窓枠に、煙突はウエハースだ。

マシュマロ形の椅子と板チョコ形のテーブルに着き、三人は『本日のケーキセット』を注文した。今日はどうにも食べてばかりである。

鼓実はまだ、打ちあけるかどうか迷っている様子だった。

だよなあ、と森司は思う。

いつもならば相談者本人がオカ研の部室を訪れるため、話はスムーズに進む。すでに葛藤《かっとう》を越えての訪問だからだ。だが普通は、知らない相手にさらりと心霊相談などできるものではない。

結局、鼓実に葛藤の一線を越えさせたのは、こよみが口に出した「黒沼麟太郎」の名であった。

鼓実は黒沼部長の論文も読んでいたらしい。森司にはよくわからぬ心理だが、「あの人の後輩なら大丈夫だろう」と思わせるなにかがあるようだ。

ケーキとコーヒーが届いた。

それを皮切りに、鼓実が口をひらく。

「……行きのバスの中で、刺殺された動画配信者の話をしていましたよね」

「あっ、はい。すみません」

謝る森司に「いえ」と首を振り、鼓実はつづけた。

「じつは馬場大海くんとわたしは、幼馴染《おさななじ》みなんです」

そして彼と一緒にいて刺された〝恋人〟とは、わたしの妹です――。

そう告げて、彼女は色が変わるほどきつく唇を噛《か》んだ。

馬場家と楠本家は、同じ町内の同じ通りに立っている。そして大海は、鼓実の妹である小笛と同い年だった。おまけに幼い頃に母親を亡くしていた。

自然と鼓実たちの母はおかずを多めに作り、

「小笛、これヒロちゃん家《ち》に持ってって」

「ヒロちゃんを朝起こして、一緒に学校行ってあげなさい」

などと声かけするのが習慣になった。

鼓実も妹の宿題を見るついでに大海に勉強を教えたり、おやつを買ってあげたりは普通にやっていた。

――でもそれも、彼が十歳前後までの話です。

そう鼓実は述懐した。

いつしか彼女は、大海に近寄るのをやめた。両親も「ヒロちゃんを気にかけてあげて」と小笛に言うのを控えるようになった、と。

――なぜって大海くんのまわりに、不吉な噂が流れはじめたから。

ことの起こりは、大海と小笛が小三の夏休みだ。

シングルファザーである大海の父親は、忙しかった。朝六時に出て夜十一時に帰ってくる生活だった。当然、町内会の会合には出られない。

住民たちはみな納得していた。だが不満をつのらせる者が一人だけいた。みなに〝鬼ばばあ〟とひそかに呼ばれていた女性だ。

歳の頃は七十なかばだったろうか。町内会の規則や、ゴミ捨てのルールにひどく厳しかった。厳しいだけならまだしも、独自のルールを住人たちに強いるため、腫《は》れ物扱いされていた。

夏休みや冬休みなどの長期休暇中、ゴミ捨ては大海の仕事だった。

鬼ばばあはゴミステーションの前で大海を待ちかまえ、ちくちくと嫌味を言った。いわく「ゴミの分別が甘い」「挨拶《あいさつ》がなってない」「しつけが行き届いていない」「町内会や、大人を小馬鹿にした目つきだ」等々……。

見かねた町内会長が鬼ばばあを窘《たしな》め、鼓実の母がゴミ捨ての分別を手伝っても、鬼ばばあのいやがらせはつづいた。

お盆を過ぎ、夏休みも終盤に入りかけた頃だ。

その朝、大海はいつものように鬼ばばあに捕まった。

鼓実自身は居合わせなかったため、以下の話は又聞きだ。だがその後、何度も何度も噂で聞かされる羽目になった。

あまりにも〝凶事〟だったからだ。

鬼ばばあは大海をいびった。「ゴミ捨ても満足にできないなんて」「お里が知れる」と馬鹿にし、「母親の顔が見たい」と嘲《あざけ》った。

大海は耐えきれず、ついに泣きだしてしまった。さすがに周囲の大人が割って入った。しかし鬼ばばあの悪罵《あくば》は止まらなかった。

そのときだ。

異様な吠《ほ》え声が響きわたった。

全員が、手で耳を塞《ふさ》いだ。その場に思わずしゃがみこんでしまう者もいた。それほどに凄《すさ》まじい声だった。一瞬にして、空気が凍った。

犬か、それとも狼か。鼓膜に直接響くような声だった。いままでに聞いたことがないほど大きく、朗々と長く、どこか病的な吠え声であった。

数秒置いて、町内じゅうの飼い犬が吠えはじめた。

追従するような、それでいて怯《おび》えるような鳴きかただ。飼い主たちが叱っても止まらなかった。たっぷり十数分間、犬たちの声はあたり一帯の空気を揺らした。

その夜、鬼ばばあは高熱を発した。

原因不明の熱であった。

彼女はうなされ、「犬が、黒い犬が来る」「来るよ。黒い犬を連れた子どもが、家まで来るよ」と譫言《うわごと》を言いつづけた。そして五日後に死んだ。

ふたたび〝犬〟が現れたのは、四年後のことである。

大海は中学一年生になっていた。

同じクラスに、大海ばかりを狙ってからかい、笑いものにする男子生徒がいた。いじめとまではいかないが、あきらかに不快なちょっかいだった。教師が注意しても「愛あるいじりですよー」と、するりと逃げた。

鼓実が聞いた噂によれば、

「馬場のやつ、楠本の幼馴染みだからって調子乗ってる」

くだんの男子生徒はそう陰でぼやいていたらしい。要するに小笛がらみの嫉妬《しっと》だ。だが理由がなんだろうと、やられる大海にとってはたまったものではなかった。

事件が起こったのは秋だった。

体育の授業中である。

その日もやはり、多数の目撃者がいた。「突然校庭に乱入した、体長二メートルほどの大きな真っ黒な狼」を、二十人近い生徒が目にした。

だが狼がどこから入ったのか、いつからいたのか、その問いには誰一人答えられなかった。

狼は脇目もふらず、いじめっ子の男子生徒に突進した。

そして跳躍――した次の瞬間、ふっとかき消えた。

男子生徒は、声もなくその場にくずおれた。

倒れかたがまずかったか、彼は右足の骨を折った。なぜかその骨折は、二箇月経っても治らなかった。おまけに激しく膿《う》んだ。

一時期は、膝《ひざ》から下の切断さえ危ぶまれた。半年以上闘病した末に退院できたものの、彼は一生片足を引きずることになった。

だが、凶事はそれで止まらなかった。

つづく三人目の犠牲者は、中学校の教師だった。学年主任だ。

その頃、大海はたび重なるトラブルに萎縮《いしゅく》し、引っこみ思案になっていた。そんな彼を学年主任は目のかたきにし、ことあるごとに怒鳴りつけた。

「男らしくしゃっきりしろと、発破をかけるつもりだった」と学年主任はのちに抗弁した。

だが彼が大海に投げる言葉は「なよなよしやがって」「目ざわりだ」「なぜ毎日学校に来るんだ」「早く私立に転校しろ」等々、発破どころかはっきりと暴言だった。

ある冬の日、この学年主任は錯乱した。

このときは誰も、黒い犬もしくは狼を目撃していない。吠え声も聞いていない。

例の学年主任だけが「狼が」「狼がいる。黒い黒い」「お母さん」と、授業中に突然喚《わめ》きだしたのだ。

彼は教室を走り出るやいなや、廊下の窓を突き破って落下した。

教室は二階にあった。死ぬような高さではなかったが、学年主任は鎖骨と腰骨を粉砕骨折した。

その後、彼が教職に復帰することはなかった。

精神を病んだだの、まともな会話すらできなくなっただの、禍々《まがまが》しい噂ばかりが流れた。

――馬場大海は呪われている。

――狼憑《おおかみつ》き、いや黒犬憑きだ。

学校じゅうに、そんな噂が蔓延《まんえん》した。

だが誰より大海を恐れたのは、大海自身であった。

「ぼくは普通じゃない」

「ぼくが外に出たら、また誰か死ぬか怪我をする」

「誰もぼくに近寄らないで」

そう言い張るようになった。

大海の父親は学校に怒鳴りこんだ。「黒犬憑きなんて馬鹿馬鹿しい」と断じ、「息子への誹謗《ひぼう》中傷をこれ以上放置するなら、訴訟も辞さない」とつばを飛ばした。

だが彼が息子のために必死になればなるほど、周囲は引いた。同情顔で彼らを遠巻きにし、やがて離れていった。

楠本鼓実も、そのうちの一人であった。

「あの子と遊ぶのはやめな」と小笛を叱り、母親には「必要以上にかかわっちゃ駄目」

と釘《くぎ》を刺した。

小笛は反発した。だが、やはり思うところはあったらしい。毎朝「学校に行こう」と大海を誘うのをやめた。

遊びに行く回数も激減した。高校受験も一応勧めはしたが、強く言うことはなかったようだ。

大海は結局、受験しなかった。

彼は、俗に言うところのニートになった。月二回図書館へ通うほかは家に閉じこもり、ほとんど外出しなくなった。勉強は通信教育の高校生コースを受講した。日がな一日パソコンに向かい、インターネットの世界に没入して過ごした。

そして、約五年が過ぎた。

その五年間、例の黒い犬が出現したことは一度たりともなかった。

町は平和そのものだった。

認知症の老人が半日ほど行方知れずになったり、小規模な停電が起こった程度だ。気づけば大海の名が、人の口にのぼることもなくなっていた。

だが去年、平和は唐突に破られた。

大海が社会復帰を目指し、外をうろつくようになったせいだ。しかも、高価なカメラ片手にである。

「ヒロちゃん、動画配信者になるんだってさ」

小笛からそう聞かされ、鼓実は驚いた。

「なにそれ。動画配信者ぁ？」

「そう。撮影のお手伝い頼まれたから、引き受けちゃった。講義そんなに詰めこんでないし、サークルも飲みサーでつまんないしさ」

と言われたときは、驚きを越えて呆《あき》れた。

むろん鼓実は妹を叱ったし、止めた。しかし小笛は、

「お姉ちゃん、いま二十一世紀だよ？　祟《たた》りだの狼憑きだの、あり得ないって」

「昔はわたしも子どもだったから、なんもしてあげられなかったけどさ。幼馴染《おさななじ》みの社会復帰のお手伝いくらい、してあげなきゃ鬼っしょ」

「ていうか、いきなり配信者目指すとか、意外とヒロちゃんもたくましいよね。お姉ちゃん、ここ見なおすとこだよ？」

と笑ってあしらうだけだった。

その間に大海は馬場家を出て、マンションに引っ越した。父親が投資目的で所有していたマンションである。

「実家を出て自立したい」が、大海の言いぶんだった。

父親はその願いを容《い》れ、家具とネット環境を整えてやった。さいわい、経済的には富裕な家であった。

「お母さんたちには内緒ね」

大海のマンションを訪ねるたび、小笛はそう鼓実に念押しした。

「その代わり、お姉ちゃんにだけは全部打ち明けるからさ」

それは嘘ではなかった。小笛は「今日はどこそこへ行って撮影した。昨日はあれを編集した」と、逐一すべてを鼓実に報告した。叱責《しっせき》されるべきときは受け入れ、反論したいときは反論した。

「べつに、ほっときゃいいじゃん」

鼓実の友達はそう言った。

「妹、もう大学生なんでしょ？　いい大人なんだから、ほっとけばいいよ。あんたが過保護すぎ」と。

それもそうかと、鼓実は意図的に距離を取るようにした。

だが小笛のほうは気づいているのかいないのか、「お姉ちゃん、見て見て。映像の出来、確認してよ」とあいかわらずの態度だった。

そうしてある日、小笛は言った。

「じつはさ、ヒロちゃんが『登録者数が三千人いったら、小笛に大事な話がある』って言うんだよね。……どう思う？」

鼓実は慌てた。そんな言い草、「おまえに愛の告白をする予定だ」との事前通告ではないか。冗談じゃない。〝呪われた子〟〝黒犬憑きの子〟なんかに、大事な妹を預けられるものか。

動転する姉の前で、さらに小笛は重大な吐露をした。

ストーカーがいるのかという鼓実の皮肉に「うん」と真顔で答えたのだ。だが空気が凍ったと気づいた途端、急いで「冗談だよ」と打ち消した。

小笛が凶刃に倒れたのは、その翌週だ。

大海のファンを名のるストーカー女性に、彼のマンションで刺されたのだった。

しかも刃《やいば》を振るわれる直前、鼓実は狼を幻視した。

小笛が鼓実に電話してきた寸前に、だ。

電話口で小笛は絶叫した。

――お姉ちゃん、助けて。

――助けて、狼が。ここに狼がいる。わたし……わたし、殺される。

大海と小笛を刺したのち、かのストーカー女性――古保《こまた》みな実《み》、三十一歳――はベランダに走り、腰壁を乗り越えて飛んだ。

大海の部屋は九階である。

当然、即死だった。

古保みな実の飛び降りを目撃した通行人数人が、警察と救急に通報した。

ただちに警察は、マスターキイで大海の部屋へ踏みこんだ。

そこは凄惨《せいさん》な血の海だった。

大海は腹部を二箇所、胸部を一箇所刺され、すでに息絶えていた。

一方の小笛は、胸部を刺されていた。まだかすかに息があった。ただちに救急搬送されたものの、いまだ意識不明の重体である。

事件現場には不可解な点がいくつもあり、警察とマスコミを困惑させた。

すべてを語って解明してくれるだろう存在は、もはや小笛だけである。

だが小笛は意識を取りもどすことなく、いまだ集中治療室で昏睡《こんすい》している。何本もの管に繋《つな》がれながら、迫り来る死と闘いつづけている――。

6

「それが……おおよそのあらましです」

テーブルの上で指を組み、鼓実は声を落とした。

「ネットの記事によれば、古俣みな実が飛び降りる寸前にも、犬か狼の遠吠《とおぼ》えが聞こえたそうです。目撃者の一人が語っていました。『もの凄《すご》い声だった。普通の吠え声じゃない、と思った。不思議とほかの音がまったく聞こえなくて、しんとした中に、犬の声だけが響いて――現実じゃないみたいだった』と」

「おれも一社だけですが、ネットで記事を読みました」

森司はカップを置いた。

「そちらは犯人の女性が狼とともに落ちた。しかし現場に狼の遺体はなく、忽然《こつぜん》と消えてしまった――という内容でした」

「ええ。そういった証言も複数あるようです」

と鼓実は認めて、

「でも消えたのは、それだけじゃありません」と言った。

「と言うと？」

「まず凶器のナイフ。次に古俣みな実のバッグおよびスマホ。大海くんのパソコン。小笛のスマホ。これらすべてが見つかっていないんです。わたしも警察に何度か訊《き》かれましたが、いわば小笛がスマホを持たずに外出するなんてあり得ない。大海くんのパソコンだって、いわば商売道具でしょう。部屋にないなんて考えられませんよ」

「じゃあ例の黒い犬もしくは狼が、彼らのスマホだのパソコンだのを持ち去って、ともに消えた――と？」

「わかってます。馬鹿みたいですよね」

鼓実は苦笑した。

「でも、複数の人間が目撃し、鳴き声も聞いたという犬が忽然と消えた。確かにあったはずのスマホやパソコンも消え失《う》せた。わたしが視た狼が幻だったとしても、そこは間違いない事実です。ちなみに大海くんはスマホや携帯電話のたぐいは契約していませんでした。長い間引きこもっていたから、パソコンだけでこと足りたんでしょう」

「うーん……」

森司は腕組みしてから、質問を変えた。

「記事には〝動画配信者と恋人が刺された〟とありました、小笛さんと大海さんは、正式に交際をはじめていたんですか？」

「そのようです」

鼓実は眉《まゆ》を曇らせた。

「反対していたわたしには、言いづらかったんでしょう。でも小笛の友人たちは知っていました。例の大事な話云々《うんぬん》の二日後、彼が告白し、小笛は了承したそうです。指摘されるまで気づかなかったんですが、動画のここに……ほら」

スマートフォンを操作し、鼓実がテーブルに置く。

画面には『ひろうみチャンネル』の最新動画が表示されていた。一時停止中である。

鼓実の指は、動画の概要欄を示していた。

――今日は人生最良の日になりました！

――この件については後日、動画でご報告します。愛です、愛！　お楽しみに！

「浮かれてますね。この日、小笛さんと恋人になれたのか」

森司は唸《うな》った。

だがまあ、同じ男として気持ちはわかる、森司とて、もしこよみと正式に付き合えることになったなら浮かれまくる。全世界に向けて発信し、全人類に祝ってほしいと最低七十二時間ははしゃぎまわるだろう。

「それから、コメント欄も見てください」

　鼓実が画面をフリックする。

　コメント数はさして多くなかった。だが「例の助手さんと、ついにですか？」「助手さんとカップル成立？」「末永くお幸せに」等のコメントが複数見てとれた。

「助手さんとは、小笛さんのことですね？」

「ええ。顔出しこそしてませんが、小笛は声や手などで何度か動画に出演しているんです。ファンにとっては、すでに公認の仲だったんでしょう。でも、こんな不用意な発信をしたせいで……」

「古俣みな実を刺激してしまった？」

「だと思います」

　鼓実は唇を噛《か》んだ。

　ちなみに事件後に知ったことだが、小笛はごく親しい友達数人にだけ、古俣みな実のストーキングについて相談していた。

「ヒロちゃんの熱心なファンに、わたしの住所や電話番号がなぜかバレた」

「しつこくいやがらせされている」

「ヒロちゃんのことは心配だけど、告られても付き合えないと思う。ストーカーからの脅迫やいやがらせが、もっとひどくなりそうで……」

　と悩んでいたという。

友人は警察に相談しろと勧めたが、「ヒロちゃんの配信にも影響するし、もうちょっと様子を見る」と煮え切らない返事だったそうだ。

「でも小笛さんは結局、大海さんの告白を受け入れたんですよね。なぜでしょう？」

森司は問うた。

鼓実がため息をつく。

「妹の友人も、同じ疑問を抱いて尋ねたようです。そうしたら妹は『ヒロちゃんが、絶対守るって言い張るから』と答えたらしくて……。要するに押しきられたんでしょう。あの子はなぜか、昔から大海くんに強く出られなかった」

「それは、例の狼だか犬だかのせいでしょうか？」

「かもしれません。はっきり口に出したことはないですが……」

ともあれ二人は、正式な恋人同士になった。

小笛はそれを、信頼できる友人にだけ打ちあけた。

大海は動画の概要欄でほのめかした。

コメント欄を見るに、やはり登録者の大半が二人の仲を察したらしい。手ばなしのお祝いぶりだ。自宅で動画を眺めるしかない古俣みな実を嫉妬《しっと》させ、逆上させるには十二分な祝福ムードであった。

「キレた古俣みな実さんはついに一線を越え、刃物を持って大海さんのマンションを訪れた――？　マンションの場所や、部屋番号を知ってたってことですよね。探偵でも雇ったのかな」

「かもしれません。住所さえ特定できれば、あとはなんとでもなりますしね。住人のあとについて入る、宅配業者を装う等々、オートロックを突破する手はいくらでもあります」

憤懣《ふんまん》をぶつけるように、鼓実はケーキを大きく切り分けた。

こよみが片手を挙げる。

「わたしも訊いていいですか。楠本さんはさっき、なにをしていらしたんです？　スマホを手に、通路を何往復もされていましたが」

「ああ、あれ……」

見られてたんですね、と鼓実が頰を赤らめた。

「確証はないんですけど」

と彼女は前置きしてから、

「つい昨日、気づいたんです。大海くんの未完成の動画にも、大きな犬のような影が映りこんでいると。ほんの数秒なんですが……」

その動画は「お姉ちゃんにも観てほしい」と、小笛が鼓実のＩＤ宛てに送ってきたものだ。

送信の日付は事件の一週間前。

大海が、『フェアリーズガーデン』内で撮影した動画であった。

犬の影に気づいた鼓実は、ただちに『映画映像制作部』のグループLINEに繋《つな》いだ。そして問題の箇所をショート動画に切りとり、部員たちに観てもらった。むろん詳しい事情は伏せてだ。

部員の反応はかんばしくなかった。「そうかな、影かなあ?」「気のせいじゃない?」という反応ばかりだった。賛同の声はひとつもなかった。

だが鼓実は納得いかなかった。

——絶対に絶対に、なにかある。

大海の遺体はまだ警察から帰ってこない。通夜も葬儀もできない。そして小笛は集中治療室にて昏睡《こんすい》中である。「いまご家族にできることは、待つだけです」と担当警察官にも医師にも重々言われていた。

——けど、じっと待つだけなんて無理。

このまま手をこまねいていられない。妹のために、なにかせずにいられない。

そんな思いに突き動かされ、鼓実は動画の舞台となった『フェアリーズガーデン』にやって来た。ちなみにこのテーマパークは楠本家から車で約二十分。小笛がいる病院からは十分の距離だという。

「その動画、見せてもらえますか?」

森司は申し出た。

「ええ、どうぞ」

即座に鼓実がうなずく。

スマートフォンを操作し、彼女はふたたびテーブルに置いた。フォルダに保存していた動画を再生させる。

小笛の話によれば、大海はかつて「おれ自身の正体を知りたい」と語り、「過去を吹っ切るためにも、例の犬だか狼だかを、最新動画でネタにしたい」と最近は語っていたという。その「最新動画」が、まさにこれであった。

テーマは人狼伝説。

ここ『フェアリーズガーデン』には、『赤ずきん』『狼と七匹のこやぎ』『三匹のこぶた』をモチーフにしたアトラクションやカフェレストラン、装飾などがある。

これらの童話の共通項は、悪役が狼であることだ。

「動画はやっぱり画面に凝らないといけませんから。狼モチーフを背景に撮れば映《ば》えると思って、ここで撮ったようです」

鼓実が動画を早送りした。

さきほど鼓実がうろついていた通路が映る。

大海が通路のなかばに立ち、語っていた。「狼か犬のような得体の知れないものに、幼い頃からつきまとわれてきた」と、カメラ目線で視聴者たちに訴えている。

「ここです」

鼓実が一時停止し、画面を指した。

「ああ」

森司は顔を液晶に寄せた。獣のような四つ足の影が、はっきり映っている。

「映ってますね。これは確かに、普通の犬じゃない」

そう首肯する彼の横で、こよみが眉根《まゆね》を寄せた。

「どこですか?」

「ここ。このあたり」

「……すみません。わたしにはわかりません」

どうやら霊感のないこよみには視えないらしい。

森司は顔を上げ、鼓実に聞いた。

「楠本さんは、普段からも霊視ができるんですか? 霊感があるというか、視える人ですか」

「わたしですか? いえ全然」

意外なことを訊《き》かれた、というふうに鼓実は目を瞬《またた》かせた。

「オカルト的なことには、とくに興味もないですし」

そうですか、と森司は引きさがった。

ならばなぜ、こよみには視えないものが鼓実に視えるのか? 不思議ではあったが、この場でしつこく訊くのはためらわれた。

「ではさっきは、動画と同じ場所で、なにか映るか試していたんですね?」

「はい。例の狼もどきが妹たちを襲ったのなら、出現するのは約五年ぶりです」

鼓実が大きくうなずく。

「ですがこの動画にも映っていたとすると、事件の前にすでに現れていたことになります。古俣みな実とどう関係するのか、それとも関係ないのか、どんな些細《ささい》なことでも手がかりがあればと……」

彼女は睫毛《まつげ》を伏せた。

こよみがフォークを置き、静かに言った。

「──わたしはブラックドッグなのか、人狼なのか。まずそこが気になります」

「ブラックドッグ？」

鼓実が問いかえした。

「黒い犬、ですよね？　はい。さっきからその話を──」

「いえ。〝ブラックドッグ〟は、イギリス全土に伝わる伝説の魔物です」

こよみがきっぱり言った。

「ヘルハウンド、ブラックシャックなどとも呼ばれますね。ただの犬ではなく、犬のかたちによく似た妖精《ようせい》であり、魔物なんです。『マクベス』に出てくる〝地獄の女神ヘカテーの猟犬たち〟を指すとも言われます。ですからブラックドッグか人狼かで、こちらの対処法も変わってくるはずです」

こよみが自分の携帯電話をバッグから出した。

「このあたりの話は、わたしよりも黒沼部長のほうが詳しいです。すみません。電話させてもらっていいですか？」

この時刻なら部室にいるはず、と言いながら、彼女は部長の番号を呼びだした。スピーカーに切り替え、テーブルに携帯電話を置く。

三コールで部長は応答した。

「もしもし。どうしたの、関東にいるんじゃないの？」

「はい。舞浜のテーマパークにいます。でも部長からおうかがいしたいことがあって。いま、お時間大丈夫ですか？」

「大丈夫だけど、なに？」

「あのう、はじめまして。わたくし楠本鼓実と申します」

鼓実が割りこんだ。

一瞬の沈黙ののち、部長が声のトーンを上げる。

「え？　楠本鼓実さん？　それって『Research Gateway』に、現代社会学と心理学史の論文上げまくってる、あの楠本さん？」

研究者同士、彼らは急速にわかり合っているようだ。森司はやはり話に付いていけず、ぽつんと取り残された。

「話すと長いので端折《はしょ》ります。部長」

こよみが冷静に遮った。

「じつはブラックドッグと人狼伝説について、部長から楠本さんに説明していただきたいんです。お時間の許す限りでかまいませんから」

「いきなりだねー。ま、いいけど」

呑気《のんき》に言ってから、

「えーと、じゃあまずはブラックドッグのほうから話そうか」

部長は滔々《とうとう》と語りだした。

「この伝承は最終的に世界じゅうに広まったけど、基本的にはイギリスの魔物伝説だね。ヨークシャーではバーゲストと呼ばれ、イーストアングリアではブラックシャック、マン島ではマディ・ドゥ、イギリス北部ではパッドフットと呼ばれる。凶事の前触れとして現れるとか、見た者は死ぬだとか、伝説の内容もまちまちだ。パッドフットにいたっては、足先が後ろを向いていると言われる。でもたいていは真っ黒い犬で、燃えるような赤い目だとされてるね。ちなみにコナン・ドイルが書いた『バスカヴィル家の犬』も、ブラックドッグ伝承を下敷きにした作品だ」

部長は言葉を切った。

お茶で舌を湿した気配ののち、つづける。

「ブラックドッグの逸話でもっとも有名なのは、一五七七年に起こった怪異だろうね。サフォークのある教会に、黒い犬が雷光とともに出現し、二人の信者を殺して消え去った。同日にはブライスズバラの、やはり教会で三人が殺された。

また一九七二年のデヴォンに出現した巨大なブラックドッグは、火かき棒を投げつけられるや、煙のように消え失《う》せた。同じ年には郊外の道路に出現し、車の進路を妨げるかのように立ちはだかっていた。目撃者が石を投げつけると、閃光《せんこう》を放って消え、あとには硫黄《いおう》に似た悪臭が漂うのみだったという――。

とまあ、十六世紀の逸話では五人の死者を出しているが、基本的には突然現れ、突然消えるだけのことが多いね。〝その姿を見た者は死ぬ〟〝声を聞いたものは悶死する〟〝凶事の前触れとして出現する〟といった伝承が大半だ。要するに、ブラックドッグは不吉の象徴なわけだよ。実体があるかどうかは不明で、悪魔や妖精と同様のシンボリックな存在と言っていい」

鼓実が身をのりだし、部長には聞こえぬようささやいた。

「……これってまさか、なにも見ずに即興でしゃべってるんですか？」

森司は無言でうなずくしかなかった。

部長がさらに言葉を継ぐ。

「次は人狼伝説だが、こっちはブラックドッグとは違い、はっきりと実体ある存在として語られる。なにしろ人間が狼に変身するんだからね。ブラックドッグのような〝魔〟そのものではなく、人間の変身譚《たん》であり、同時に怪物譚でもある。悪魔と契約して狼の魔力を得た、というパターンも多い。

有名な人狼としては、十六世紀ドイツのペーター・シュトゥンプがいるね。彼は悪魔との契約で人狼になり、二十五年もの間、近隣一帯を恐怖の底に叩《たた》き落とした。家畜を食い殺し、女性をさらっては強姦《ごうかん》して殺した。妊婦の腹を裂いて胎児を食らい、果ては自分の息子さえ殺して、その脳味噌《のうみそ》をむさぼったと……」

部長は言葉を切り、

「あ、ごめんなさい」と謝った。

「楠本さんとは初対面——どころか、顔も直接合わせてないっていうのに、いきなりグロい話をしちゃった。申しわけないです」

「いえ、気にしないでください」

鼓実は即座に言った。

「映像でいきなりグロを見せられるのは苦手ですが、話に聞くだけなら平気です。それに残酷譚が苦手では、シェイクスピアも神話も読めません」

「なるほど。確かにそうだ」

部長は笑って、

「じゃあつづけますね」

とことわりを入れた。

「えー、十八世紀にはザルツブルグの宮廷裁判所が、五人の男を人狼と認定しました。罪状は家畜など約二百頭を食い殺したかどで、刑罰は国外追放ね。

十五世紀から十七世紀にかけて巻き起こった魔女裁判ムーブメントは、こういう感じで、信憑性《しんぴょうせい》の薄い人狼伝説を数多く生みだした。彼らの多くは拷問の末、『悪魔と契約し、人狼になった』と白状させられている。中には本物の人狼がいたかもしれない。あるいは一人もいなかったかもしれない。いまとなってはなんとも言えないが、ともかく当時、狼は魔の使いとされていた。〝魔女は狼の姿で現れる〟だの〝狼の背に乗って、サバトへおもむく〟などと言われた。

そんな狼は、神話や童話にももちろん多く登場するね。たとえば北欧神話では、神々を呑《の》みこむとされる怪物フェンリルが狼だ。ギリシア神話ではゼウスに人肉を食わそうとしたリュカオン王が、神罰で狼の姿に変えられてしまう。『赤ずきん』ではいたいけな少女を貪《むさぼ》る欲望の象徴として、『狼と七匹のこやぎ』では親の留守中に子どもを襲う災厄として描かれる。

なぜこんなにも狼が人びとに嫌われたか。それは、ひとえに家畜を襲ったからだ。〝よほど飢えない限り、狼は人間のテリトリーを侵さない。しかし中世以前はその〝よほどの飢え〟が頻繁に起こった。また健康な狼が人間を襲うことは基本的にないけれど、狂犬病にかかった狼はべつだった。

狂犬病はいまでも致死率百パーセントの恐ろしい病だ。ひとたび罹患《りかん》すれば、苦悶《くもん》の末に確実に死にいたる。中世の人々にとっては恐怖そのものの病だったし、吠《ほ》えるように苦しみ悶《もだ》える姿は、狼に変化したようにも見えただろうさ。狼は家畜を襲う害獣であり、不治の病を具現化した存在でもあったんだね。――さて、ざっと説明してみたけど、こんなもんでどうかな？」

と、部長が締めくくる。

「ありがとうございます」

こよみが礼を言って、

「最後に、もうひとついいですか。部長から見て、ブラックドッグと人狼の一番の違い
――恐怖の質の差異は、なんでしょう？」

「そりゃ、人狼が普段は人の姿をしてることだろうね」

部長が即答する。

「ブラックドッグは突然現れ、突然消えるだけの魔物だ。それに比べ、人狼は市井にまじって暮らしている。一見したところ、彼の怪物性は誰にもわからない。もしかしたら同僚かもしれないし、息子の教師かもしれない。いつでも自分たちを殺せる存在が、じつはすぐそばにいる――いわば〝隣人の脅威〟なんだ。これは充分、現代ホラーにも通じる恐怖だよ。そう思わない？」

7

鼓実が丁寧に部長に礼を述べた。

森司も礼を言い、さて通話を切ろうとした矢先、「ねえ、もしかして」と部長が言葉

を差しはさむ。

「この電話って、いま話題の『ひろうみチャンネル』と関係あったりする？　あの事件も千葉で、狼どうこうだもんね」

さすが鋭い。森司は一瞬詰まったが、横のこよみがいち早く答えた。

「すみません。詳しくは帰ったら説明します」

「うん、そうして」

部長が鷹揚《おうよう》に言う。

「お土産は『みつばちの女王』のハニーフィナンシェがいいなあ。あと『青ひげ』のクリアファイルね。泉水ちゃんには、お酒のつまみをお願い」

「了解です」

通話が切れた。

森司、こよみ、鼓実の三人でふうと息をつく。お互い顔を見合わせる。

部長の蘊蓄《うんちく》はためになるが、人間の脳が一度に処理できる情報量を超えがちだ。電話越しに聞くと、いつもの倍疲れる。

「あ、もうこんな時間」

鼓実が壁の時計を見上げた。

「病院へ行かれます？　妹さんが心配ですよね」と森司。

「いえ、妹はもちろん心配ですが……じつは、その」

鼓実が言いよどむ。

「古俣みな実――さんのお兄さんと、今日四時に『フェアリーズガーデン』内で会う約束をしていまして」

「古俣？」

反射的に森司は繰りかえし、

「え？　え？　それって、大海さんと妹さんを刺した古俣さんですよね？」

と念押ししてしまった。

気まずそうに鼓実がうつむく。

「うちの妹を巻きこんだことを、お兄さんは一言お詫《わ》びしたいと……。むろん両親は、謝罪などいらないと突っぱねました。でもわたしは古俣みな実さんについて、お兄さんの口から聞いておきたいと思ったんです。彼女の人となりを知り、どうしてこんなことになってしまったのかを知りたい。事件の背景を把握して、この不幸をすこしでも納得したいんです」

言葉を切り、鼓実はすこし黙った。

数秒のち、

「……あのう」

と顔を上げる。

「あつかましいお願いとはわかっています。ですが、最初の五分だけでいいので、隣のテーブルにいてもらえませんでしょうか。疑うわけじゃないですが、相手は初対面の男性ですし、事情が事情ですから……」

「おれはかまいませんよ」

「わたしもです」

森司とこよみが深くうなずく。

鼓実はほっと肩から力を抜き、「ありがとうございます」と頭を下げた。

おれも一応初対面の男性ですが——というよけいな一言を、森司は喉《のど》の奥に呑みこんでおいた。


SMSで、鼓実は古俣兄との待ち合わせ場所をヘクセンハウスに指定した。

申し出を容《い》れた兄は、四時五分前にやって来た。

三十代なかばの実直そうな男性だった。がっちりした頑健そうな体躯《たいく》で、顔も腕もよく日焼けしている。ただし目の下に居座るどす黒いくまが、事件の余波をいやでも想像させた。

「今日はご足労をありがとうございます。正直、すっぽかされるのを覚悟で参りました。このたびは妹がとんだことをしでかし、まことにお詫びしようもなく……」

「いえ。それより、妹さんについてうかがっていいですか」

森司とこよみはすぐ横のテーブルに、カップとケーキ皿を持って移動させてもらった。

半端な時間ゆえ、さいわい店内は空《す》いていた。

鼓実が硬い表情でつづける。

「みな実さんは、馬場大海さんのファンだったと報道されています。また妹の小笛や、その友人は『彼女はストーカーだ』と言っていました。失礼ながら、ご家族はどう認識されていましたか？」

「それは……えーと」

兄はおしぼりで額の汗を拭《ふ》いた。

「言いわけになりますが、ぼくはすでに結婚して実家を出ていまして、みな実とは同居してないんです。あいつは不登校になって以来、精神年齢が止まってしまったようなところがあって……」

「不登校？」

鼓実が聞きとがめた。

「みな実さんも不登校児童だったんですか？　あ、すみません。〝も〟と言ったのは、大海くんも中学の途中で不登校になったからです」

「そのようですね。記事を読みました」

兄が苦い顔になる。

「お恥ずかしい話ですが、みな実は自分と同じく不登校だったり、過去にいじめを経験した人に共感しすぎるというか……もっとはっきり言いますと、依存する傾向があったんです」

「と言われますと？」

「じつはその、以前も『中学時代にいじめられていた』と告白した女性アイドルのファンになりましてね。半年近くかけて、全国ツアーに付いてまわったことがあります。追っかけと言うんですか。乗る新幹線や宿泊先まで調べて、出待ちして」

「ずいぶん経済的に余裕がおありなんですね」

鼓実の口調に皮肉が滲《にじ》んだ。

みな実の兄が顔を赤らめる。

「ええ、変ですよね。元不登校児でずっと無職のあいつに、アイドルを追っかける金があるなんて。……両親のせいです。うちの親は昔からみな実に甘かったんですが、あいつがいじめられてからは『かわいそうな子』『せめて身内が守ってあげないと』と、よけい過保護になりました。みな実がねだれば、なんでもほいほい買い与えてやっていましたよ」

そこも大海と似ているな、と森司は傍で聞いていて思った。

自立したいと言っただけで、大海は親が所有するマンションにあっさり引っ越せた。おまけに家具家電まで揃えてもらい、悠々自適で人気配信者を目指すことができた。そんな彼に、古俣みな実はシンパシーを覚えたのだろうか。

「失礼ですが、なぜみな実さんはいじめられたんです？」

鼓実は尋ねてから、

「あ、言いたくないことなら、もちろん聞き流してくださって結構です」

と付けくわえた。

だが兄は、かぶりを振った。

「いえ、お答えしますよ。今回の一件とどこか相通ずる話ですから」

「は？」

「不気味というか非科学的な話、という意味でですよ。——コックリさんが、原因なんです」

彼の頰には苦笑が浮かんでいた。

「コックリさん……」

鼓実は繰りかえして、

「というと、あれですか？　紙に五十音を書いて、十円玉の上にみんなで指をのせて呼びかけるという」

「まさにそれです。みな実は中学二年生のとき、クラスメイトと教室でコックリさんをやりましてね。聞いたところによると、あいつが指をのせたときだけ十円玉が凄《すご》いスピードで動いたらしい。いかにも中学生らしい悪ふざけですが、『あの子にはお化けが憑《つ》いている』だのと噂され、いじめがはじまったそうです。親が気づいたときは、クラス全体にまでいじめや無視が広がっていました」

ますます大海と似ている。森司は口の中で唸《うな》った。

大海は『狼《おおかみ》憑き、黒犬憑き』と噂され、学校へ通えなくなった。そんな過去を動画で吐露した彼に、古俣みな実がどう感じたかは想像するまでもない。

鼓実も同じ思いだったようで、

「だからみな実さんは、大海くんに共感し、依存したんですね」

と納得顔になった。兄がうなだれる。

「汗顔のいたりです。まさか三十一歳にもなって、二十歳未満の男の子に付きまとうとは思っていなかった」

「それは、あなたのせいではないです」

きっぱり鼓実が言った。

「みな実さんは成人した女性でした。きょうだいとはいえ、同居すらしていないあなたに監督責任があるとは思えません」

コーヒーで喉を潤し、鼓実は質問を変えた。

「みな実さんは、スマホを持っておられましたよね?」

「はい。親が契約して持たせていました。連絡手段なしに、外へ出すのは不安でしたからね。居場所がGPSでわかるのもメリットでした」

「事件現場から彼女のスマホが見つかっていないそうですが、お心当たりは?」

「ありません。こちらとしても、ほんとうに不可解です」

兄はまた額を拭《ぬぐ》った。

鼓実がまたも問いを変える。

「みな実さんは大海くんについて、ご家族になにか話していました？」

「運命の人だとか、そういうようなことを言っていたようです。両親は『またはじまった』と取りあいませんでした。でもいま思えば、もっと問題にすべきでした」

「投薬などは受けていなかったんですか？」

「数年前までは、心療内科に通っていました。しかしここ最近は通院をやめ、薬も飲んでいなかったようです」

「過去にも、恋愛妄想の症状はあったんでしょうか？」

「担当医に依存したことは……ありました」

兄は神妙に言った。

「でも、他害傾向は低かったんです。『まわりがわたしの悪口を言う』だの『みんながじろじろ見る』だのといった被害妄想のほうが強く、どちらかといえば自傷に走りがちでした」

「小笛に――うちの妹に対しては、どうです？　なにか言っていましたか？」

「両親は、記憶にないと言っています。馬場大海くんのことはよく話題にしていた。だが彼のまわりの女性に言及していたかは、覚えていないと」

「では小笛は、やはり運悪く巻きこまれただけ……なんでしょうか」

鼓実の語尾がすこし震えた。

みな実の兄が、つらそうに目を伏せる。

「だと思います」

鼓実はゆっくり深呼吸した。

息を整え、気を落ちつけてから、問いを継ぐ。

「なぜみな実さんは、大海くんの住所を知っていたんでしょう？」

「あー、これは推測ですが……。窓からの景色が動画に映っていて、ストリートビューと照らしあわせることでマンションを特定できたかもしれません。そばに高い建物があれば、比較でおおよその階もわかるそうです。もしくは馬場大海さんを尾行して、部屋番号を突きとめたのかも」

「つまりそれができる程度には、みな実さんは野放しだったということですね」

「すみません……」

兄は三たび、額の汗をおしぼりで拭った。

「みな実さんに、お友達はおられました？」

鼓実が冷静に問う。

兄は即座に首を振った。

「いません。小中学校の友達とはとうに切れていますし、基本的に一人が好きな子です。女性アイドルの追っかけをしていたとき、同じくファンだった男性に宿泊先まで押しかけられたことがあって、それ以後はさらに一人を好むようになりました」

「ではみな実さんが、悩みなどを打ちあけられる相手はいなかった？」

「はい。いなかったはずです」

ひかえめに兄は認めた。

「あいつなりに、思いつめた末の犯行だったとは思います。でも……そうですね。受け皿がなかった。あいつがなにを悩み、なにを思いつめているのか、聞いてやれる余裕が、おれたち家族にもなかった……。反省し、後悔しています。いまさら悔やんだところで、なにもかも手遅れですが……」

兄の声音は、苦渋に満ちていた。


古俣みな実の兄が帰ったあと、森司とこよみは鼓実のテーブルに戻った。

「ありがとうございます。最後までいてくださったんですね」

礼を言う鼓実に、森司は手を振った。

「いやあ、乗りかかった舟ですから。とりあえず、向こうが逆ギレするような人でなくてよかったです」

「あちらのお兄さんも、困惑している様子でしたね」と、こよみ。

鼓実がため息をついた。

「お気の毒ですよね。……さっきも言ったとおり、同居もしていない成人した妹への監督責任は、彼にはありません。問いつめるのは酷だとわかっていました。ですが、訊《き》かないわけにもいかなかった。小笛がなぜこんなことに巻きこまれたのか、わたしはいまだに納得がいっていないんです」

「ですよね」

　森司はひかえめに首肯するだけにとどめた。

　わかります、と言うのは傲慢《ごうまん》な気がした。自分はしょせん他人だ。完全に気持ちに寄り添うことはできない。できるのは話を聞き、相槌《あいづち》を打つことくらいである。

　鼓実の手もとで着信音が鳴った。

　スマートフォンを確認し、

「母からです。出ていいですか？」

　鼓実が問う。当然、否やはなかった。

「はい。……うん、いま終わった。大丈夫。……あ、うん、わかった」

　すぐに鼓実は通話を切り、森司たちを見やった。

「すみません。小笛の容態のことで、三十分後に担当医から説明があるそうです。わたしも行かないと。慌ただしくてすみません。失礼いたします」

「ああどうぞ、行ってください」

　森司はどうぞどうぞ、と手で示してから、

「すみません」

と切りだした。

「何度も言うようですが、乗りかかった舟ということで……。その後が気になるので、よかったらIDを交換してもらえませんか。ついでに妹さんのも」

「あ、わたしも交換させてください」

こよみが身をのりだす。

その場で素早く、三人はSNSのIDを交換した。こよみと鼓実は今後も論文について話したいそうで、LINEのほうも交換した。

「いろいろとありがとうございました。ここはわたしが」

と、鼓実は伝票を持って立ちあがった。何度も振りかえっては頭を下げつつ、精算して店を出ていく。

彼女を見送って、森司とこよみは席に身を沈めなおした。

「思いがけず、長居しちゃったな」

「空《す》いてる時間帯でよかったです」

うなずき合い、冷めたコーヒーを飲みほす。

「えーっと、楠本小笛さんのアカウントは……。ああ、これか」

さっそくSNSを確認する。

姉のアカウントとは違い、自撮り画像が多めだった。アクティブにあちこち出かけていたようで、旅行にグルメにファッションにと、投稿ジャンルが多彩である。その中には大海の画像もちらほら交ざっていた。

楠本小笛は、あまり姉と似ていなかった。

子猫のようにくりっとした二重の目に、ストレートロングの黒髪。ひと頃量産された大人数アイドルグループにいそうなタイプの美少女である。

「早く回復するといいですね」

「そうだな」

同意して、森司は携帯電話をポケットにしまった。

8

部長にざっと顚末《てんまつ》をメールし、森司とこよみはお菓子の家のカフェを出た。

時刻は五時近かった。

さすがにその後は、百パーセント無邪気には遊べなかった。だが森司たちに、あれ以上できることはなさそうだ。首を突っこむ権利もないと己に言い聞かせ、強いて気持ちを切り替えた。

そろそろ夕方である。激しいライド系は避け、シアタータイプやショー系の穏やかなアトラクションを選んだ。

かぼちゃの馬車に乗って『サンドリヨン』のショーを観た。『驢馬《ろば》の皮』のあらすじを3D体験でたどった。カップルに定番の観覧車は、森司の高所恐怖症が悪化しつつあるため残念ながらパスした。

　そして五時半を過ぎた頃。

　道中のワゴンで「一杯だけ」と言い合い、二人はアルコールを買った。

　森司はドイツのペールエール、こよみはシトラスのビアカクテルである。

　やや行儀悪く歩き飲みしながら、コースターに乗ってはしゃぐカップルを眺め、アトラクションの屋根越しに沈む夕日を楽しんだ。

「遊園地でアルコールって、なんか背徳的だなあ」

「ちょっとどきどきしますよね」

　半端な時間にいろいろ食べたせいで、空腹はまるで感じなかった。

「灘、足疲れてないか？　大丈夫？」

「平気です。スニーカーですし」

　さらに数分歩くと、勾玉《まがたま》のような絶妙なカーブを描く楕円《だえん》形の建物にぶつかった。色は濃淡ある紫で、その形状とも相まって巨大な茄子《なす》にも見えた。

「『仙女の占いの館《やかた》』だって」

「入ってみましょうか」

「占いなんて、人生初だな。たまに星占いくらいは見るけど」

　ほろ酔いも手伝い、いい気分で扉をくぐる。

通路の途中に、生年月日と血液型を入力する端末が設置されていた。カップルは相性を診るため、二人並べて入力できるという。

「灘は五月二十九日生まれだったよな？　おれは九月二十七日。で、どっちもA型——っと。ＯＫ」

入力を終えて進む。

突き当たりに、一段と濃い紫の扉があった。

入れってことか？　とおっかなびっくり開けてみる。

するとそこにはキャラクターやアトラクション用ロボットではない、生身の占い師が座っていた。

「いらっしゃいませ。どうぞ椅子へ」

「あ、はい。どうも」

ケープ付きのマントをまとった、古めかしい装束の占い師である。

声からして女性だ。目のまわりに仮面舞踏会で見るようなベネチアンマスクを装着しており、年齢も素性も不詳だった。

「ほう、双子座と天秤座《てんびんざ》のお二人ですね。どちらも風のエレメントですから、相性は良好です。お二人とも穏やかな性格で、喧嘩《けんか》や衝突はすくないでしょう」

滑らかな早口でまくしたててくる。

「とくに天秤座A型の男性は、平和主義者です。平和を望みすぎて、たまに優柔不断と言われることもあるでしょう。でも安心してください。その柔和さとやさしさは、あなたの一番の美点ですから」

「ほ、ほぉお」

勢いに呑《の》まれ、森司はとりあえず首肯した。

占い師が、次いでこよみに顔を向ける。

「双子座A型の女性は、知的好奇心が旺盛《おうせい》です。非常にバランスの取れた性質かつ、素直で聞き上手です。意外と寂しがり屋ですね。好きなタイプは、やさしさに溢《あふ》れた紳士的な男性。知性を重んじ、話や感性が合うことをなにより重視します」

「あ、当たってます。とくに後半が」

こよみもまた、彼女の攻勢にたじたじであった。

占い師がさらにつづける。

「男性のほうは、『癸卯《みずのとう》』ですね。これもまた、柔和かつ周囲の全員にやさしい性質です。女性は『庚戌《かのえいぬ》』。人情に厚い人です。最初はとっつきにくいと思われがちですが、その誠実さで次第にまわりに愛されていきます。癸と庚がうまくいくコツは、癸が甘えすぎないこと。この一点です。そして庚は許しすぎないこと。いくら好きでも、許しすぎては相手のためになりません」

「ほぉおー……」

「べ、勉強になります……」

二人とも、圧倒的に押し負けていた。

占い師がベネチアンマスクの奥から、森司とこよみを順に見つめてくる。

「あなたたちは、お付き合いして長いの？」

「い、いえ。滅相もない」

森司はぶるぶると首を振った。

「まだです。まだ付き合ってません」

「まさか。お互いの星に出ていますよ。両想いになってから、すくなくとも二年は経っているはずです」

「いやあ、そう言われましても」

へどもどと抗弁する森司に取りあわず、占い師はこよみを見やった。

「繰りかえしますが、二人とも精神的にバランスの取れた星および命式で、とても穏やかです。波風が立つことはほぼなく、今後も喧嘩はすくないでしょう。でも庚は頑固なところがあるので、一度こじれると修復に時間がかかります。早めに話し合って、解決するようにね」

「はい」

こよみが素直にうなずく。

「旦那《だんな》さんのほうは意外にモテる星よ。気を付けて。コミュニケーションを取りあうことで親密さが増す関係性だから、『もう言わなくてもわかるだろう』なんて思わないでね。付き合いが長くなるとやりがちな失敗だけど、そこ甘えちゃ駄目。奥さんは正義感がとても強いタイプ。懐が深いから配偶者のことはたいてい許すけど、浮気だけは許さないでしょうね」

「う、浮気だなんてそんな」

森司は首を振りつづけた。いつの間にか呼称が「旦那さん」「奥さん」になっていることに、突っこむ余裕もなかった。

「あり得ません。おれは灘さえいてくれればそれで」

「二人ともお人好《ひとよ》しで、他人のために動くのが苦にならない星まわりね。短期的には利用されて損に見えても、いずれ恩が返ってきます。でもお金だけは貸さないように。旦那さんは命式に財星がないけれど、奥さんが持っているから補えます。早めに結婚して、蓄財は奥さんに任せたほうがいいわね」

「そ、そうします」

気づけば完全に流されていた。

その後は占い師の言葉を「なるほど」「ほほう」「勉強になります」と、ひたすら受け入れつづけた。

規定時間の十五分を終え、『仙女の占いの館』を出たときは、森司もこよみも狐につままれたような気分であった。

「なんだろう、不思議な体験をした。ぐったり疲れたような、それでいて芯《しん》まで癒《いや》されたような……」

「ですね。生気を吸い取られた気もするし、同時に別のエネルギーをもらったような気もして……」

「はい。占いってよかったな」

「でも、入ってためになりますね」

肩を並べて、二人は来た道を戻った。

館にいた間に日はすっかり落ち、世界は夜のとばりに包まれていた。

今日は一泊し、明日もパークに来るつもりである。お土産は最後に買うことにして、パレードの時間ぎりぎりまでアトラクションを楽しんだ。

「パレードって何時からだっけ」

「えーと、八時十五分からです」

通路へ敷物を広げ、場所取りしている家族連れも多かった。森司たちは「後ろのほうでいいや」と決め、マイペースにのんびり遊びつづけた。

おおよそ乗りたいものに乗り尽くした頃、ちょうどパレードがはじまった。

ガラスの靴をはいたサンドリヨン、仙女たち、月と星のドレスを着たお姫さま、かえるの王子さま等々が、大きな帆船の上から手を振ってくるのを見送る。

華やかなパレードを見上げながら、さりげなく森司は手を伸ばした。

かたわらに立つこよみの手を、そっと握る。

彼女の手はちいさく、華奢《きやしや》で、そしてひんやりと冷えていた。ひかえめに握りかえしてくる指が、森司が与える体温で温《ぬく》もっていく。

締めくくりは花火だった。

三月の夜空をいろどる大輪の花火を、森司とこよみは黙ったまま見上げた。

触れた指と掌《てのひら》から、お互いのすべてが伝わる気がした。

9

花火が終われば閉園である。二人は『フェアリーズガーデン』をあとにし、徒歩でホテルへ向かった。

「フェアリーズの公式ホテルを予約したんですか。高かったでしょう?」

「いや大丈夫。気にしないで」

森司は胸を張った。

そう、彼には運送屋のバイト代の残りがまだある。お年玉を積み立ててきた貯金もある。第一デートのときくらい恰好《かっこう》付けなければ、普段から節約節約で切りつめている意味がない。

園の出口からホテルまで、歩いて約六分。

テーマパークと公式に提携するホテルで、外装内装はもちろん、各部屋の壁紙、照明、アメニティグッズにいたるまで、パークと同デザインの童話モチーフがほどこされているのが売りである。

「予約したのはコネクティングルームだから、安心してくれ」

森司は言った。

コネクティングルームとは、隣り合った二部屋が内扉で繋《つな》がっているタイプの部屋を指す。いったん廊下に出ずともお互いの部屋を行き来できるのがメリットで、家族旅行やグループ旅行で利用されるようだ。

「内扉にはちゃんと鍵《かぎ》がかかるし、プライバシーはちゃんと保たれるよ。予算の都合で、キャラものじゃないシンプルな部屋になっちゃったけど」

「充分です。いえ、十二分です」

こよみは強く言い張った。そして直後に、ふっと微笑んだ。

「先輩の部屋、遊びに行きますから。開けてくださいね」

森司の心臓が、どくりと跳ねた。

同時に顔が赤くなるのがわかった。それをごまかすため、慌ててそっぽを向く。

――これはひょっとして、思ったより。

なぜか手が、ひとりでに拳《こぶし》を握ってしまう。

――思ったよりも全然いい感じなんじゃないか？

――おれ、ヤバくないか？

いやいかん、理性だ理性、と森司は己に言い聞かせた。いまこの場に、フォローしてくれる藍さんや泉水さんはいない。思い込みで暴走するのは悪手だ。いや自滅だ。

さっきの占い師も言っていたではないか。こよみちゃんが好きなのは、紳士的な男だ。ジェントルマンなのだ。さっきの人狼伝説云々《うんぬん》ではないが、赤ずきんを襲う狼になってはいけない。

――だがもし、万が一、こよみちゃんが内扉に鍵をかけない、なんて事態になったならば。

「お待ちのお客さま、こちらへどうぞ」

「はいっ」

ホテルマンに呼びかけられ、森司は急いでフロントへ駆けた。

名前を名のり、予約を確認してもらう。

「ご予約の八神森司さまですね。確認が取れました。本日は一二〇五号室をご用意しております。こちらがカードキイ、こちらがご朝食券となっております。券は明日の朝、入り口の職員にお渡しください」

立て板に水のホテルマンから、カードキイを受けとる。

予約は料金の先払いで成立するタイプゆえ、すでに振込済みであった。あとは室内の冷蔵庫から有料ドリンクを取ったり、ルームサービスを頼まなければ請求は発生しないはずだ。すくなくともネットにはそう書いてあった。

「灘、昨日はどういうとこに泊まったの？」

「セレモニーホールと同じ企業が経営する、ビジネスホテルです。両親はツインで、わたしはシングルでした」

カードキイを手にエレベータに乗る。

ボタンはなく、センサーにカードをかざすと自動的に昇っていくシステムだった。十二階で止まり、扉がひらく。

廊下は静まりかえっていた。案内板に従い、絨毯《じゅうたん》が敷きつめられた廊下を歩く。

「えーと、一二〇五号室……と。あ、ここか」

キイを使って扉を開けた。その途端。

――え？

森司は目を見ひらいた。

――なんか違うぞ。ネットで見た部屋と、違う。

そこにはあったのは、シンプルなコネクティングルームではなかった。

まず目に入ったのは、白地に小花模様の壁紙。次に、アンティークふうに加工されたベッドやドレッサー。飾られたドライフラワーのリースだった。

部屋の大部分を埋めるのは、二つ並んだベッドである。ベッドカバーとカーテンは、ドレープとフリルがたっぷり付いた赤。テーブル上には、花とお菓子とワインの壜《びん》が盛られた籐籠《とうかご》。壁掛け照明はロココ調の曲線を描き、置き時計やベッドサイドのランプ、ラグやクッションにいたるまで、完全にクラシカルな童話の世界だった。

そこまではまあいい。

問題は内扉である。コネクティングルームに不可欠なはずの内扉が、どこにも見あたらない。

――これは……ただの、普通のツインでは？

森司は一気に青ざめた。そして電話に飛びついた。

大慌てでフロントにかけ、確認してもらう。

結果、ホテル側の手違いだった。どういうわけかコネクティングルームでなく、『赤ずきん』のツインルームに、森司の名で予約が入ってしまったらしい。

言われてみれば、部屋の内装は赤ずきんのおばあちゃんの家をイメージしたとおぼしい。チェストの上に並ぶアンティーク調の絵皿には、どれも『赤ずきん』の各場面が描かれていた。

――だがそこは問題じゃない。

問題は部屋がひとつしかないことだ。ベッドが二つの、同室である。

――ダブルベッドじゃないだけマシか？

――いや待て。違う。マシとかそういうアレじゃない。そんなこと言ってる場合じゃない。落ちつけ落ちつくんだ、おれ。

森司は必死にフロントへ抗議した。

しかしコネクティングルームの空きはなかった。

ホテルマンいわく、比較的シンプルな内装のコネクティングルームと、人気の『赤ずきん』モチーフのツインはさして料金が変わらないらしい。

まことに申しわけないが差額分に加え、お詫《わ》びとして明日のパーク内で使えるお食事券を差し上げますので、どうぞご勘弁を——とのことであった。

「先輩」

こよみが横から口添えする。

「わたしは、ツインで全然かまいませんから」

——いや、おれがかまう。

森司は内心で反駁《はんばく》した。

きみのような無垢《むく》な子にはわからないだろうが、男には男特有の事情というものがあるのだ。そしてその事情は、交際前の乙女に対し赤裸々に明かせるようなたぐいのアレではないのだ。だからして、それを口で説明できないのがもどかしい。

とはいえ実際問題として、空きのコネクティングルームはない。春休み中ゆえ満室で、代わりのシングルも用意できないそうだった。

——しかたない。

電話を切り、森司はこよみを振りかえった。

「安心してくれ灘。おれは今夜、風呂場《ふろば》で寝るよ」

「そんな」

　こよみが反論しかける。

その前に、「大丈夫」と森司はいち早く遮った。

「大丈夫だ。バスタブで寝ればいい。充分寝れる。『ザ・ファブル』の主人公みたいでちょっと恰好《かっこう》いいし、貴重な経験だ」

「恰好よくても駄目です。先輩がバスタブで、わたしだけベッドなんて不公平です」

「大丈夫だって」

「じゃあ、二人でバスタブで寝ましょう」

「いや待て。それはおかしい」

　さすがに森司は突っこみを入れた。

「風呂場で一緒に寝るくらいなら、さすがにベッドで寝るよ」

「ですよね。では、二人ともベッドということで」

「…………」

　駄目だと言いたかった。だがうまい反論が浮かばなかった。

　浮かばないまま時間は過ぎ去り、気づけば森司は窓際のテーブルセットに着いて、こよみがシャワーから戻るのを待っていた。

　――いや。おれはなにも考えていない。おれは無だ。

森司は必死で己に言い聞かせた。

おれは壁の向こうを想像などしない。おれは瞑想《めいそう》中。無心だ。煩悩など存在しない。おれは無、この世のすべては虚無なのだ。色即是空。

とはいえ、限度というものがあった。

森司は無我の境地にいたるのを諦《あきら》め、立ちあがった。気を散らすためタブレットを手に取り、窓際の椅子へと戻る。

まずはポータルサイトで、ニュースを確認した。

馬場大海についての続報はないようだ。

次いで、日中に教えてもらった小笛のSNSアカウントへ飛んでみる。

最新の投稿に、山のようなコメントが付いていた。ニュースを知った友人知人はもちろん、善意の人々、野次馬などが書きこんでいったコメントである。

大半は「回復を祈っています」「早く元気になって」という励ましだった。中には失礼な揶揄《やゆ》や糞《くそ》リプもあれど、ごく少数である。

下へスクロールしていき、森司はふと、あるコメントに目を留めた。

——ごめんね、ピーちゃん。

——×と狼のこと、もっと早く言っておけばよかった。ごめんなさい。

この「ピーちゃん」は、小笛の渾名《あだな》に違いない。笛の音の擬音だろう。

×の部分は絵文字だった。ちいさくてよく見えない。指でピンチズームしてみて、森司はぎょっとした。

手持ちのドラム、つまり鼓の絵文字であった。

〝鼓実〟は珍しい名である。鼓に笛と、姉妹で対にした名づけだろう。コメント主が小笛に謝罪しているのならば、絵文字が彼女に近しい人間を——鼓実を指した確率はかなり高い。

つまりコメントは、こう言っているのではないか。

——鼓実と狼のこと、もっと早く言っておけばよかった。ごめんなさい。

どういう意味だろう？　森司は首をかしげた。

該当のコメントには返信が一件付いていた。タップし、表示させる。

——Lil-maさんが気に病むことないよ。

——誰にも止められなかったと思うし。もとから火種はいっぱいあったんだよ。×の元彼の件もそうだし、その前にもいろいろ。

×の部分には、やはりドラムの絵文字があった。

鼓実の元彼の件、とはなんだろうか。気になって、森司は返信をしたほうのアカウントを表示させた。

大量の画像が一気に現れる。ネイル、ペットの猫、毎日の弁当の自撮り画像などだ。

概要欄にブログのリンクが貼ってあった。そちらへ飛んでみる。

ざっとタイトルを眺めたが、めぼしい記事はなさそうだった。

試しにブログ内を『狼』のワードで検索した。ヒットしない。次に『黒い犬』で検索したが、友人のペットらしきシーズー犬が表示されただけだった。

こよみが浴室から出る気配はまだなかった。

森司はブログのフォロワーをチェックした。さして多くない。五十人ほどだ。その中に〝Little-Mai〟という名を見つけた。

――さっきの〝Lil-maさん〟と同一人物では？

そう当たりを付け、〝Little-Mai〟のブログへと移動した。

ブログ内を、あらためて『狼』のワードで検索する。

今度はビンゴだった。表示された記事を森司は目で追い、気づけば熟読していた。

「八神先輩」

「うわっ」

背後からの声に、思わず飛びあがる。

振りかえると、こよみが立っていた。当然ながらバスローブではなく、持参したらしいゆったりしたルームウェア姿だ。

「シャワー、次どうぞ」

「あ、ああ、うん。ありがとう」

「驚かせましたか？　すみません」

「いや、ちょっと集中してたから、気づかなかっただけ」

「なにに集中してたんです？」

「これなんだけど」

タブレットの画面を指す。こよみが覗《のぞ》きこんできた。

慌てて森司は、タブレットごとこよみに手渡した。いま接近しすぎるのはまずい。風呂《ふろ》上がりの彼女と至近距離で密着するのは、あまりに危険だ。なにが危険っておれが危険だ。

「小笛さんのSNSを観てみたんだ。そしたら……」

森司はかいつまんで経過を説明し、行きあたったブログ記事について話した。

「自分や知人の体験談を載せて、閲覧ランキングの五十位から六十位あたりに入ってるブログらしい。それはいいとしても、どうやらこの〝Little-Mai〟さんは楠本姉妹の親《しん》戚《せき》だ。イニシャルと絵文字でぼかしてはあるけど、ほら、この狼の話はどう読んでも馬場大海さんと、鼓実さんのことだ」

それからこっち、と次の記事を指す。

「『狼の話にも出てきたTちゃん』とあるから、鼓実さんのことだろう。『妹のKちゃん』は、当然小笛さんだな」

「これ、本人の許可を取って書いてるとは思えませんね」

こよみが眉間《みけん》に皺《しわ》を寄せた。

「親戚とはいえ、こんなふうに他人のことを勝手に書いていいものでしょうか」

「ぶっちゃけ、おれもそう思う。でも興味深い話なのは確かなんだ。まだ途中までしか読めてないけど」

「では、つづきはわたしが読んでおきます」

こよみが画面に目を落としたまま言う。

「先輩はシャワーへどうぞ」

「あ、うん。そうしようかな」

お言葉に甘えて、と森司は立ちあがった。

こよみが使った直後の浴室へ入ってしまうことになるが、しかたがない。ここで拒否したなら、よけいに不自然かつ不審である。

無心だ、虚無だ——とふたたび己に言い聞かせ、森司は着替え等一式を手に浴室へと去った。


森司がシャワーを終えて髪を乾かし、ついでに歯みがきも済ませて浴室を出ると、こよみは誰かと話している最中だった。

見ると、かたわらに携帯電話が置いてある。タブレットを膝《ひざ》に、スピーカーモードで通話中らしい。

「灘？」

「あ、すみません。ブログ記事のことで、部長の意見を聞いていました」

携帯電話を指してこよみが言う。

「やっぱり？　気になる記事だもんな。部長のアドバイス欲しいよな」

「はい。煩悩を払うのにも有効でした」

「え？」

「なんでもありません。それより先輩、つづきの要約を言いますね」

こよみが森司に向きなおる。

「わたしの言葉が足りないところは、部長に補足してもらいます」と前置きし、彼女は話しはじめた。

10

「ふう……」

鼓実は自室に入って鍵《かぎ》をかけ、長い息を吐いた。病院の母へ着替えを届けに行き、ようやく帰ってきたところだ。

小笛の容態に変化はなかった。医者は「一進一退です」と語り、

「このまま意識が戻らないことも覚悟してください」

と、取りつくろうことなく告げた。

父は医者に摑《つか》みかかった。母は泣き崩れた。

鼓実は慌てて父を止め、母を慰めた。泣きたい思いは同じだったが、先に両親に取り乱されては、止め役にまわらざるを得なかった。

「急変したらご連絡します。泊まる必要はありません」

そう医者は言った。

だが母は、泊まり込むと言い張った。

「あの子が目覚めたとき、そばに知った顔がひとつもないんじゃ、かわいそう」

そう言われてしまうと、鼓実も強く反対できなかった。

父はといえば、まっすぐ帰宅せず祖父母のもとへ向かった。現状を報告するためだ。今夜はおそらく引き止められ、向こうに泊まることだろう。だから鼓実はいま、この家で一人きりである。

「着替えて、シャワー浴びなきゃ……。あ、明日のお米も研いでおかないと。炊飯器、空っぽのはず……」

母の食事は当然、病院からは出ない。おにぎりかお弁当でも作って届けてあげないといけない。いまのうち洗濯もしたいし、廊下と階段をフロアワイパーで拭《ふ》くくらいはしておきたい。

だが、まずは座りたかった。

鼓実は着替えを後まわしにし、ジャカード織のラグへ横座りした。切っていたスマートフォンの電源を入れる。

電話の着信は四件。すべて親戚からだ。ＬＩＮＥアプリのほうには、十数件が溜《た》まっていた。助教授、友人、従妹《いとこ》……と順に確認していく。

その中の一人、『たけるん』の名に、鼓実の目がすうっと細まった。

アイコンの横に〝2〟の数字が見える。二通もメッセージを寄越《よこ》したらしい。

——呆《あき》れた。

内心で吐き捨てる。

——ＬＩＮＥなんか、どのツラ下げて送ってきたんだろう。ほんっと呆れた。

『たけるん』こと尊《たける》は、鼓実の元彼である。

友人の紹介で二年付き合ったものの、年明け早々にさよならした。別れを切りだしてきたのは向こうだ。いわく「ほかに好きな人ができた」。

よくあるパターンと言えるだろう。

だが普通とすこし違うのは、その「好きな人」が鼓実の実妹だという点だ。映画館でたまたま出くわした小笛に、尊を紹介してから約二箇月後の破局であった。

ちなみにその後、小笛に告った尊は見事に玉砕したらしい。尊本人が報告してきたのだから確かだ。

「え、姉とお付き合いしてる方ですよね？　あり得ないんですけど？」と、小笛はけんもほろろの対応だったという。むろん尊と小笛が二人で会ったことは一度もなく、完全なる彼の暴走かつ、ひとり相撲であった。

――とはいえ、大した驚きはなかった。

鼓実はひとりごちる。

――心変わりの相手が小笛だと知っても、「ああそうか」と思っただけだ。

ラグの上で、ごろりと仰向《あおむ》けに転がった。

幼い頃から「似てない姉妹だ」と言われてきた。平凡な容姿の鼓実に対し、小笛は可愛らしすぎた。しかし親はわけへだてなく育て、平等に愛してくれた。

小笛が姉に対し、マウントを取るようなこともなかった。それどころか、よくなついて慕ってくれる可愛い妹だった。姉妹を引き比べて顔で選ぶような男は、こっちが願い下げだと思ってきた。

――でもいまはさすがに、尊からのLINEは見たくない。

こいつに小笛の容態など教えたくない。返信どころか、既読を付けてやるのすら忌々しい。

放置すると決め、鼓実はスマートフォンをベッドに向けて放った。

だがシーツに着地する前に、またもスマートフォンが鳴った。

「ああもう！」

鼓実は叫び、跳ね起きた。

今度は通話アプリの着信音だ。こんな大変なときに、しつこい。鬱陶《うっとう》しい。もし尊からだったら、めちゃくちゃに怒鳴りつけて切ってやる。

しかし、表示された名は尊ではなかった。

叔母《おば》だ。小笛と同い年の従妹、舞彩《まい》の母親である。鼓実は画面をフリックした。

「もしもし。叔母さん？」

「ああ鼓実ちゃん。ごめんなさいね、こんな時間に」

つばを呑《の》む気配ののち、叔母は早口で言った。

「あのブログ、消させるから」

「は？」

「ほんとうにごめんなさい。わたしが舞彩に、よけいなことを話したせいで」

「え……。なんのことですか？」

鼓実は尋ねた。

だが叔母は彼女の言葉など耳に入らないふうで、

「ごめんなさい。悪いのは全部わたしなの。だからどうか、娘のことは許してあげて。怒るならわたしに怒って。お願いだから」

と矢継ぎ早に言う。

その声音に、鼓実は怯《おび》えを嗅《か》ぎとった。鼓実には理解できない、まったく意味のわからぬ怯えと恐れだった。

「叔母さ……」

問いなおす間もなく、ぶつりと通話が切れた。

鼓実は唖然《あぜん》とスマートフォンを見下ろした。

——ブログ？　なんのこと？　舞彩ちゃんがどうしたって言うの？

——わたし相手に、なんで叔母さんが怯える必要が？

すこし考え、思い当たった。

そういえば数年前、舞彩と法事の席で会ったとき「ブログのランキングがどうこう」と話していた気がする。

話題に食いついたのは小笛だった。「舞彩ちゃんブログやってるんだ？　タイトルかURL教えてよ」とスマートフォンを突きつけた。

しかし舞彩は「恥ずかしいから駄目」と断った。「これ以上、友達なくしたくないから」と笑って付けくわえた。あきらかに冗談めかした口調だったし、鼓実も冗談だと思っていた。

——いまのいままでは、だ。

鼓実はベッドを離れ、デスクトップパソコンを立ちあげた。

素人のブログなんて、親戚《しんせき》の欲目を差し引いても面白いものじゃない、とたかをくくっていた。だから興味を持たなかったし、わざわざ探すこともしなかった。

——まさか、わたしたちをブログのネタにしていた？

このタイミングで叔母が言及したからには、すくなくとも小笛と関係あるに違いない。

そう当たりを付け、まずは小笛のSNSアカウントへ飛ぶ。

そしてコメント欄で、鼓実はドラムの絵文字を見つけた。

彼女について揶揄《やゆ》したらしいIDへ、リンクを踏んで移動する。奇《く》しくも森司と同じ道程をたどっているとは、そのときの鼓実は知るよしもなかった。

――あった。

舞彩のブログを見つけ、鼓実は唇を曲げた。

正直言えば、見たくない。だが見ないわけにいかない。妹の事件に関係あるならば、なおさらだ。

まずはドラムの絵文字で検索する。ヒットなし。次に『狼』のワードで検索した。今度は当たりだった。該当記事がぱっと表示された。

鼓実は画面に目をすがめた。

「これは親戚の話だけど」とのお決まりの文句ではじまる、怪談および怪異譚《たん》のカテゴリに入る記事であった。

タイトルは『伝染病』。

前のめりの姿勢で、鼓実は食い入るように記事を読んだ。


『伝染病』

これは親戚の話だけど、その子を仮にTちゃんとします。Tちゃんについて、うちの母から聞いたそのまんまの話。

十五年くらい前のお盆に、親戚一同で祖父母の家に集まったときのことです。金属バットを持った男が、突然、庭に乱入してきたらしいんです。庭にいたのは、うちの両親とTちゃんだけでした。祖父母をはじめとする親戚の多くは奥座敷にいて、Tちゃんのお母さんは下の子と一緒に居間にいたんです。

当時、Tちゃんは五歳でした。

男はたぶん、一番ちいさくて弱いものを狙ったんでしょう。Tちゃんに突進していき、バットを振りおろそうとしました。うちの両親が止める間もありませんでした。

でもバットがTちゃんに当たる寸前。

庭に、黒い大きな犬か、もしくは狼が現れたんだそうです。

その狼のようなものは、男に飛びかかったように見えました。バットを持った男は悲鳴を上げて、背中から倒れました。そして庭石に頭を打ち、昏倒《こんとう》しました。

騒ぎを聞いてほかの親戚が駆けつけ、急いで救急車を呼びましたが、男は意識不明のままだったと言います。

男は、祖父母宅の近所の住人でした。

すこし前に祖父母に金を借り、返せなくなっていたそうです。祖父母はとくに催促などはしなかったのに、男のほうは一方的に被害妄想をつのらせ、

「このまま金を返せないでいたら、訴えられる」

「訴えられたら評判にかかわる。仕事も辞めないといけないかも」

「それくらいならいっそ……」

と思いつめ、凶行に及んだようでした。おかしな言いぶんですが、困窮していたこともあり、思考がおかしくなっていたみたいです。

男はその後、亡くなりました。意識は朦朧《もうろう》としたまま戻らず、「黒い犬が来る。夜だ、ずっと夜だ」と譫言《うわごと》を言いながら死んだと聞きます。

Tちゃんは怪我ひとつなく、一連の凶行のことも覚えていない様子でした。

例の狼もどきについては「見間違いだろう」で片付きました。実際、近所に黒い犬を飼っているおうちはありませんでした。

ともかく、そんな一件もすっかり忘れ去られた数年後。

うちの母が転職したのです。新職場はTちゃんの家と同じ市にあったため、親戚付き合いがさらに密になりました。

Tちゃんは小学生になっていました。

そして近所に住む、Hくんという男の子を可愛がっていたそうです。

Tちゃんの妹のKちゃんと、同い年の男の子でした。

妹のKちゃんはその頃やんちゃな子で、Tちゃんは「Hくんのほうがおとなしくて可愛い」「弟にしたい」とちやほやしていました。母はなぜか、そのことに「いやなものを感じた」と言います。

そしてHくんとKちゃんが、小三の夏休み中。

ご近所のゴミ捨てルールにとてもに厳しいおばあさんが、Hくんをひどく叱ったんだそうです。まわりの大人が割って入って止めるほどの、ひどい叱り方でした。

そのときです。狼の遠吠《とおぼ》えのような声があたり一帯に響きました。

遠吠えを聞いたおばあさんはその後、やはりおかしくなったそうです。しばらくして亡くなりました。祖父母の庭に乱入した男と同じように、「犬が。大きな黒い犬が来る」と譫言を言いながらです。

不思議なのは、その後です。

例の狼もどきは、Tちゃんのもとには現れなくなったのです。

代わりにHくんの周囲にばかり出現しました。彼をいじめた生徒や、意地悪をした教師が次々と狼の姿を目撃し、次々に倒れました。

Hくんは「狼に呪われた子」と呼ばれ、みなに遠ざけられるようになりました。母はそれを知り、「伝染した」とひそかに思ったそうです。「狼憑《おおかみつ》きが伝染したのだ」と。

一方のTちゃんは、その後、Hくんへの興味をけろりと失ったと言います。


——これ、わたしたちのことだよね？

パソコンの前で、鼓実は無意識に爪を噛《か》んだ。

Tちゃんはわたし、Hくんは大海くん、Kちゃんは小笛のことだろう。大海をゴミ捨て場でなじった鬼ばばあのエピソードからして、それ以外あり得ない。

――でも、覚えていない。

五歳の記憶なんてないし、バットを持った男に殴りかかられたなんて、両親からも聞いた覚えがない。

それともわたしのトラウマを慮《おもんぱか》って、親が黙っていただけか？　可能性は否定できない。そういう方面には、気のまわる両親なのだ。

――言われてみれば、昔のわたしは大海くんを可愛がっていた気がする。鬼ばばあの一件のときだって、彼をかばった。彼のために憤った。

とはいえ、彼を小笛より可愛いだなんて言っただろうか？

やはり記憶にない。思いだせない。言ったかもしれないが、さすがにその場の冗談か軽口としか考えられない。

――おまけにわたしが、狼憑きを大海に伝染《うつ》しただって？

そして伝染させたあとは、彼に興味を失くした？

それは違う。すくなくとも、鼓実の記憶とは食い違っている。彼に呪いどうこうの噂が立ってから、鼓実は自然と馬場家から遠ざかったはずだ。

でも、と思う。

――でも、そうじゃないとしたら？

叔母《おば》が正しく、わたしの記憶のほうが誤っているとしたら？　渦中にいるわたしたちは客観的になれず、無意識に過去を歪《ゆが》めてしまったのだとしたら?

脳がぐらぐらする。

座っているのに、めまいを感じた。上体がふらつく。

自分が信用できない。どこまで己を信じていいのか、わからない。

いままで見てきた世界が、記憶が、なにもかも不確かに思えてきた。足もとから、がらがらと瓦解《がかい》していく錯覚さえ起こった。

震える手で、鼓実はマウスを操った。

そして次の記事を表示させた。


『逆恨み』

これは狼の怪異譚（※『伝染病』参照）にも出てきたTちゃんと、その妹のKちゃんの話です。

Kちゃんは、親戚《しんせき》のわたしの目から見ても美少女です。誰もが「うちの家系にしては、珍しい」「両親のいいとこどり」なんて言うほど可愛らしい子です。

口の悪い伯父《おじ》が「取りかえっ子じゃないのか」なんて、いやな冗談を言うくらい。

まあ耳のかたちとか、辛いものを食べると必ずむせる癖とか、変なとこは伯父伯母《おば》に似てるんで、実の子に間違いないんですけどね。

ともあれそんなKちゃんと、姉のTちゃんの間柄は、年を追うごとにぎくしゃくしていきました。

小学生高学年の頃にはもう、Kちゃんの整った顔立ちは誰の目にもあきらかでした。伯母さんもKちゃんにばかり可愛い服を着せ、可愛く髪を結ってあげるようになっていました。姉のTちゃんはジーンズばかりで、髪は切りっぱなしのショートカットなのに、です。

とはいえ賢い優等生のTちゃんと、可愛いKちゃん。それぞれの取り柄が違うので、とくに衝突することなくそれなりに過ごしていました。

でもそれも、高校生までの話です。

きっかけは、Tちゃんが好きだった男子がKちゃんに告白したことです。それ以来、姉妹の仲は一変しました。

二人には、あからさまに距離ができました。親戚のわたしですら気まずさを感じとったくらいです。伯父さん伯母さんは、はっきり悟っていたと思います。

亀裂《きれつ》が決定的になったのは、去年です。

また同じことが起こったのです。Tちゃんの彼氏がKちゃんを好きになり、Tちゃんを振って妹に告白しました。

でもHくんと交際直前だったKちゃんは、それを断りました。

姉彼に告られたことを、KちゃんはHくんに黙っていました。もちろん、姉のTちゃんにもです。

ばらしたのは、当の姉彼本人でした。Tちゃんにすべてを自白し、復縁を迫ったらしいです。Tちゃんははねつけましたが、当然、姉妹の間は最悪にこじれました。

おかしなことが起こるようになったのは、その後です。

Hくんは、見知らぬ女性ストーカーに悩まされるようになりました。

身バレを防ぐため詳しいことは書けませんが、Hくんのファンを名のるストーカーだ、とだけ記しておきます。

ここで不思議なのは、TちゃんがHくんに伝染《うつ》したはずの物の怪《け》——例の狼が、さっぱり出現しなくなったことです。

Hくんに危機があれば守るはずの狼が、女性ストーカーに対してはまったく反応しないのです。

ちなみにKちゃんは、親しい友人にこう愚痴っています。

「あのストーカーの人、目が異様にぎらぎらしていて怖いの」

「なんだか人間じゃないみたい」と。

またHくんのほうは「真夜中に、四つん這《ば》いで駆けてくる女を見た」「吠《ほ》えるような女の声を何度も聞いた」と語っているそうです。

一連の話を聞いて、わたしは思いました。

その女性ストーカーは、ほんとうに実在しているんだろうか？　はっきりと実体を目撃した人はいるんだろうか？

ともかくTちゃんが元彼よりも、Kちゃんのほうに腹を立てたのは確かでしょう。わたしは思うんです。Hくんのもとに例の狼が現れないのは、Tちゃんが取りかえしたせいではないか。正しい主《あるじ》が望めば、憑き物はいつでも主のもとへ戻れるのではないか、と……。


読み終えて、鼓実は呆然《ぼうぜん》としていた。

——なんだろう、これは？

記事の日付は最近である。大海と小笛が刺される、ほんの数日前だ。

——嘘と真実が、奇妙に交ざりあっている。

小笛が美少女であること。似ていない姉妹なこと。高校の級友と尊が、二人とも小笛に告ったこと。大海に女性ストーカーがいたこと。ここまではほんとうだ。

——でも、残りは嘘っぱちだ。

姉妹の仲はぎくしゃくなんかしていない。鼓実は級友をべつに好きじゃなかったし、尊の一件のあとも小笛との関係は変わらなかった。

なぜって妹は悪くないからだ。腹が立ったのは、尊に対してだけだ。小笛に対するわだかまりは皆無だった。

——それとも、そう思いこんでいただけか？

鼓実は眉根《まゆね》を寄せた。

深層心理では、わたしは小笛を妬《ねた》んでいた？　尊のことで怒っていた？　無意識に抱えていたコンプレックスが、尊の件で爆発したとでもいうの？

——いや、違う。

違う、そうじゃない。そんなんじゃない。

それにこのブログ記事は、おかしい。

だって女性ストーカーは実在していた。あたかも鼓実の怨念《おんねん》の権化であるかのように書かれているけれど、ちゃんと古俣みな実という実体があった。小笛と大海を悩ませていたのは、わたしじゃない。狼の化け物でもない。みな実だ。

鼓実は頭を抱えた。両の親指で、こめかみをきつく押さえる。

舞彩のブログは一方的に過ぎる。きっとランキングを上げるためだろう、誇張と嘘ばかりだ。叔母の話が大げさだったとしても、やりすぎだ。

でも、反論するのがためらわれる。

なぜだろう？　鼓実は考えた。どうしてわたしは、舞彩に言いかえしづらいと感じるんだろう。

考えて考えて、ようやく思いあたった。

——そうだ、反論の材料が乏しいからだ。

わたしはあのときああだった、こう思考していた、あなたのブログは作り話だと、舞彩に突きつけてやりたい。なのにできない。

なぜって。

──わたしの記憶に、空白が多すぎる。

鼓実は愕然《がくぜん》とした。

五歳の頃の記憶だけじゃない。もっとだ。

この二十二年間の年輪が、あちこちぽっかりと抜け落ちている。空白や穴というより、洞《うろ》のようだ。大きな欠落がある。

なのにいまのいままで、洞に気づいてすらいなかった。

──問題は、そこだ。

顎《あご》が痛むほど、鼓実は奥歯を嚙《か》みしめた。

ほんとうに怖いのは、記憶の欠落じゃない。欠落に気づかず、平気で暮らしていた自分だ。

子どもの頃から、利発だ、賢い、記憶力抜群だと言われてきた。その自慢の脳味噌《のうみそ》が、いまはすこしも信じられない。

なぜ？　どうして？　焦燥が、鉤爪《かぎづめ》のように心をひっかく。

舞彩のブログは、半分がた嘘だ。それはわかっている。でも、残りの半分はたぶん事実だ。まったくの無から話をひねり出せるほど、舞彩は想像力豊かじゃない。

どこまでが真実だろう？　バットを持って乱入した男は実在した？　狼が五歳のわたしを守ったのは事実？　わたしから大海に、憑《つ》き物が移ったのもほんとう？

わからない。頭が痛い。思いだそうとすればするほど痛む。

ずくずくと疼《うず》いているのは、きっと記憶をつかさどる海馬《かいば》だ。疼いて、痛んで、鼓実に訴えかけてくる。目をきつく閉じ、鼓実は煩悶《はんもん》した。

――……ちゃん。

――おねえちゃん。

小笛だ。頭の中で小笛の声がする。わたしの妹が、泣いている。

――お姉ちゃん、助けて。

はっと鼓実は目をひらいた。

反射的に首をもたげる。その鼻さきを、ぷんとなまぐさい臭気がかすめた。

獣臭だった。

それは、四つ足の獣に見えた。黒い影にも見えた。

巨大だった。全身あますところなく真っ黒で、双眸《そうぼう》だけが爛々《らんらん》と紅《あか》い。鼓実に向かって牙《きば》を剥《む》き、低く唸《うな》っている。

――狼だ。

悲鳴も上げられなかった。鼓実は喉《のど》を、ごくりと上下させた。

11

森司とこよみはホテルのベッドに並んで腰かけ、タブレットを覗《のぞ》いていた。

黒沼部長との会話を、途中で会議用アプリに切り替えたのだ。そして液晶には部長だけでなく、いまは泉水も映っていた。

「ほら、ひと頃『人狼ゲーム』って流行《はや》ったじゃない」

得々と部長が言う。

「あれも人の中にまぎれこんだ狼男を当てるゲームだよね。つまり人狼が、普段はなに食わぬ顔で人間に擬態していることが前提なわけ」

そう言う部長の手には、アルコール度数三パーセントの缶チューハイが握られている。

一方、泉水の手には九パーセントの缶だ。

「『人狼ゲーム』、ありましたねえ、懐かしい」

森司はへらへらと応じた。

彼の手には泉水と同じ缶が、そしてこよみの手には部長と同じレーベルの缶がある。

ちなみに部長のほうは白ぶどう味、こよみはカルピス味である。

なぜアルコールが入ったか。

それは森司たちが会議用アプリで部長と話しこむ中、酒屋の袋を提げた泉水が入ってきたことにはじまる。

部長とサシで飲むつもりで、泉水は酒を買ってきたらしい。だが缶を開けた従兄弟《いとこ》コンビを画面越しに見て、森司もたまらなくなってしまった。

「人が飲んでる酒ほど、美味《うま》そうに見えるものはない。すみません。大至急買ってくるので少々お待ちください」

そう言って彼は、財布片手にホテル内の自販機へ走った。

そして約五分後、こよみと自分の缶を買って戻り、現在にいたる。舞浜と新潟、約二六〇キロを隔てたリモート飲み会の開催であった。

「ところで狼男って、悪魔と契約しないとなれないものなんですか？」

同じく自販機で購《もと》めた柿ピーをつまみ、森司は言った。

「おれ狼男って、吸血鬼とかドラゴンと同じようなもので、生まれつきの怪物なのかと思ってました」

「まあ吸血鬼も、嚙まれた人が次つぎ吸血鬼になるわけで、必ずしも先天的な怪物とは言えないけどね」

酔いで頬を赤くした部長が言う。

「けど狼男の場合は、魔女裁判があったからなあ。あの時代を経たせいで〝狼男は契約を経て、後天的になるもの〟ってイメージが付いたんだと思うよ。とはいえそれは、キリスト教圏だけの話かな。

狼の神性および怪物性は、キリスト教の悪魔や魔女の力が及ばないところでも広く信じられてきた。トルコやモンゴルには狼祖伝説があるし、アメリカン・インディアンにも狼を名のる部族がある。日本だって三峯《みつみね》神社や武蔵御嶽《むさしみたけ》神社など、狼を祀《まつ》る神社が複数あるね。ちなみに〝自分は狼男だ〟と妄想を生じる獣人化症候群も、患者がキリスト教圏か否かはあまり関係ないそうだ」

「そういや一個下の研究生が、ひと頃『虎に変身する夢ばかり見る』ってぼやいてたっけな」

泉水が口を挟んだ。

「あとで知ったことだが、その時期そいつは教授のパワハラに悩まされていた。そしてやつが虎の夢を見た日に限って、研究室の付近にのみ、謎の震動や通信トラブルが起こっていた」

「生霊《いきりょう》の仕業だった、ってことですか？」と森司。

「さあな。いまとなっちゃわからん」

泉水が首を振る。

「だが人間が自分以上の存在になりたい、強者になってやりかえしたいと願うときは、やっぱり虎だの狼だの、より強い動物の姿を借りるもんなんだろうよ」

「それはわかる気がします」

森司はうなずいた。

次いで「あっ」と膝《ひざ》を叩《たた》く。

「そうだ、泉水さんも『ひろうみチャンネル』の動画を観てくれませんか？　おれと楠本鼓実さんには犬っぽい影が視えたけど、灘には視えなかったんです。ちなみに普段、楠本さんに霊感のたぐいはないそうでした」

森司は検索用ワードを告げた。

部長がパソコンの窓を分割設定にし、無料動画サイトをひらく。森司もタブレットの表示設定を切り替えた。

くだんの動画を、「せーの」で同時に再生する。獣のような影が映っている場面で、森司は「ここです！」と声をあげた。

「このシーンなの？　うーん。やっぱりぼくには視えないなあ」

部長が悔しそうに唸る。泉水はそれを無視して、

「八神」

と森司に呼びかけた。

「おまえ、テーマパーク内で楠本鼓実のそばに狼を視た、と言ったよな」

「え、あ、はい。視ました。『青ひげの恐怖の館』を出た直後くらいです」

「そのときはペットだと思ったんだな？」

「そうです」

「じゃあ狼に、楠本鼓実に対する害意はなかったわけだ。周囲への攻撃的な意思もなかった。もしあったら、おまえはペットと解釈しねえだろう」

「そういえばそうですね」

泉水の言葉に、森司は納得した。

「でかいとは思って驚きはしたけど、言われてみれば怖くなかったです」

「守護霊のような空気があったか？　庇護《ひご》を感じたか」

「うーん、守護霊っぽい義務感は感じなかったですね。ただそばにいたくている、って感じでした。だからペットかなって反射的に思ったんです」

そうか、と泉水はいったんうなずいて、

「だがこの動画に映ってるやつは、違う」

とパソコンを指した。

「馬場大海の動画に映った狼は、はっきり妖気《ようき》がある。おまえもこのときは『普通の犬じゃない』と感じたんだろう？　どうだ、楠本鼓実のそばで視たのと、こいつは同じ狼だと思うか？」

「だと、思うんですが……」

森司はタブレットの液晶に目を凝らした。ひとしきり見つめてから、首を振る。

「すみません。百パーセントの確信は持てません」

「あっ」

こよみが横で、ちいさく声をあげた。

掌《て》の中の携帯電話を見下ろしている。

「どうした？　灘」

「ブログの記事が消えました。例の『伝染病』と『逆恨み』の記事が、たったいまページごと……」

「ブログはそのままで、記事二本だけが消えたの？」

部長が画面越しに尋ねる。

「そうです。とくに予告も注意書きもなく、いきなり削除されました」

「じゃあブログ主本人に、身近な人が意見したのかな？　事件のせいで、小笛さんのSNSには注目が集まっている。ぼくらと同じ経緯でブログにたどり着いた人が、ほかにいたっておかしくないよ」

「ずいぶん無神経な記事でしたからね」

森司は首肯した。

「おれがブログ主の身内なら、確かに消すよう勧めますよ」

次いで、泉水のほうへ目を向ける。

「さっきもざっと説明したように、例のブログ記事は一方的に過ぎました。鼓実さんが心の奥底で妹に劣等感と反感を抱き、狼の憑《つ》き物を従えていると書いてあった。でも実際に会った彼女は、全然そんな感じじゃなかったです」

言いきってから、やや語気を弱める。

「おれはべつに、女性の心に敏《さと》いわけじゃありません。姉妹の仲についてどうこう言えるほど、彼女と親しくもない。でも鼓実さんが狼を隷属させてる云々《うんぬん》は、違います。そこだけはきっぱり否定できます。あれは〝彼女のもの〟じゃあなかった」

「八神が言うなら、そうなんだろう」

泉水はあっさり受け入れた。

「実際視たのはおまえだしな。おれは、八神の判断を信用する」

「ありがとうございます」

森司は頭を下げた。

「で、それを踏まえまして……。おれたちは、とくになにもしなくて大丈夫ですか？　このまま鼓実さんをほっといて、明日帰郷してもいいものでしょうか」

「どうだろうな。問題の狼が楠本鼓実に害意を発していたなら、忠告のしようもあるが……」

泉水が腕組みした。

「まあ心配なら明日、ＬＩＮＥで妹の容態やらなんやらを訊《き》いておけ。乗りかかった舟とは言うが、しょせんおれたちは部外者だ。危険が差しせまってないなら、深入りする理由はねえだろう」

「ですね」

森司はうなずいた。じつを言えば自分もそう思っていたが、第三者に——というか、尊敬する先輩に肯定してもらえると安心感が違う。

部長が飲みかけの缶を掲げて、

「ぼくたちはもうちょい飲むから、きみたちはそろそろ寝なよ」

と言った。

「テーマパークで一日じゅう遊んで疲れたでしょ。明日のためにも、足伸ばして休んどきなさい。じゃあね。おやすみー」

一方的に言い、会議アプリからさっさと退室してしまう。

あとには森司とこよみだけが残された。

二人で、なんとはなし顔を見合わせる。

「切られちゃったな」

「切られましたね」

あらためて、ホテルの一室に二人きりである。

さいわいアルコールのおかげで、気まずくも照れくさくもなかった。慣れない部屋での高揚と、旅行の開放感と、ほろ酔いとが相まってひどく気分がいい。

「あらためて見ると、ほんと可愛い部屋だなあ」

上機嫌で、森司は部屋を見まわした。

「こんな部屋に泊まったことないから、新鮮だよ。コネクティングルームと変わらない値段なだけのことはある。細部まで凝ってて、全部可愛い」

「記念に撮っておきましょうか」

「あ、そうだよな。よし撮ろう撮ろう」

こよみの提案に、森司は携帯電話片手に立ちあがった。

「藍さんにも見せたいですしね。藍さん、ＹｏｕＴｕｂｅでルームツアーの動画とかよく観てるんですよ。旅行動画もお好きですし」

「じゃあ、写真も動画も両方撮っとくか」

森司は入り口まで走った。ドアを背に立ち、携帯電話のカメラアプリを動画モードで立ちあげる。

「えー、ここが今日泊まる部屋です。入ってすぐの右側が、クロゼットと姿見になってます。左のこのドアはバスルーム。ユニットバスです」

酔いにまかせ、ルームツアー系のノリでナレーションを入れる。

「もうちょっと進むとベッドが置いてあります。えー、壁際に絵皿がずらっと並んでますね。これを見てわかるとおり、童話の『赤ずきん』モチーフの部屋です。だから全体的にアンティークというか、クラシカルというかファンシーというか、えー、とにかく欧風メルヘンの世界です。ロマンチック街道ってドイツだっけ？　ああいう感じの部屋……って、ペローはドイツ人じゃなかったか、ははは」

アルコール度数九パーセントのロング缶はさすがに効く。強炭酸のせいか、酔いがまわるのも早いようだ。

こよみに目をやると、彼女は携帯電話でベッドまわりを撮っていた。

ベッドカバーは赤ずきんのケープと同色である。枕カバーも以下同文。ロココ調のサイドチェストに、同じく装飾付きのベッドサイドランプ。ヘッドボードには、赤ずきんの横顔がカメオのように彫刻されていた。

なるほどこれは隅から隅まで撮りたくなる——と、森司も反対方向からベッドを撮影にかかった。

「SNSに載せてみようかな……」

こよみが小声でつぶやく。

「普段は閲覧と〝いいね〟専門のアカウントなんです。でも旅行のときくらい、アップしてもいいですよね」

「もちろんだ」

森司は大きくうなずいた。

「おれも普段は、閲覧とダイレクトメッセージにしか使ってないよ。でも発信したいときは、自由にやればいいさ。そのためのアカウントだ。おれも、一年ぶりに更新しようかな」

「じゃあ、二人で同時に画像アップします?」

「そうするか」

目を見交わし、同時に投稿した。

どうせ知人にしか明かしていないアカウントだ。「いま旅行先です」と明かすくらい、どうってことはない。

よしんば留守だとバレたところで、アパートには盗まれて惜しいものも置いていない。

ちなみにサボテンの鉢だけは、一応親に預けておいた。

「藍さんから、さっそく〝いいね〟が付きました」

「さすが早いな」

「部長と泉水さんは、まだ酒盛りしてそうですね」

「鈴木は、バイトから帰った頃かなぁ」

森司は携帯電話を、ぽんと片側のベッドに放った。

そのまま腰を下ろし、短く息をつく。

「……なんか、いまだに現実感がないよ」

「え？」

こよみがきょとんとする。

彼女を見ず、森司は苦笑した。

「部屋を予約したときも、ほんとに二人で泊まれるなんて思ってなかったんだ。希望的観測、と言ったら変だけど……。灘と泊まりで遊べたらいいな、くらいの感じでさ。全体にふわっとしてた。だから、いまこうして二人で一緒の部屋にいることが、なんか不思議なんだよな。夢みたいっていうか、現実じゃない気がする」

数秒、沈黙が落ちる。

「って——はは。ほんと変だな、おれ。もう寝ようか」

森司は声を張りあげた。

「あ、ベッドとベッドの間に、もっとなにか置こうか？　衝立《ついたて》……は無理か。えーと、なんだろう。ベッドはさすがに動かせそうにないから、シーツかバスタオルをこう、カーテンみたいに吊《つ》るせるといいんだけどな。でもカーテンレールがないから、代わりになるようなもの……」

「いいんです」

こよみが遮った。

「わたしは大丈夫です。間に、なにもなくても」

立ちあがり、彼女はベッドに――森司のすぐ隣に腰を下ろした。

森司はぎくりとした。

一瞬で、背中に汗が滲《にじ》んだ。

――いや、深い意味はないんだろう。

強いて己に言い聞かす。こよみちゃんはただ、おれと近くで話がしたいだけだ。距離があると声がよく聞こえない等の、もろもろを考慮して隣に座っただけだ。きっとそうだ。それ以上の意図はない。ないに決まっている。

「先輩」

時計の針の音が、やけに大きい。

「うん」

返事がうわずらないよう、森司は声を抑えた。

なんだか暑い。空調は最適温に設定されているはずなのに、急に暑くなったようだ。うなじから背中にかけて、じっとりと汗が滲む。掌《てのひら》が湿ってぬるつく。

「先輩」

「うん」

高山にいるみたいだ。森司は思った。空気が薄い。うまく息が吸えない。肺に、酸素が入っていってくれない。

なのに、ほんのすこしも不快ではなかった。

この息苦しさが永遠につづけばいい、とさえ思った。

「わたしの気持ちは、もう、わかってますよね」

こよみの声は平板で、穏やかだった。

「う、うん」

森司はつばを呑《の》みこんだ。

酔いが一気に覚めたのがわかった。

心臓がどくどくと騒いでいる。鼓動が激しい。胸の高鳴りに反して、頭だけが奇妙にしんと冷えていく。

「あー……」

森司は天井を仰いだ。

「おれの気持ちも、だよな。とっくに、灘にバレてるよな」

部屋がやけに静かだ。空調と、時計の秒針ばかりがうるさい。隣のテレビはもちろん、廊下の足音すら聞こえない。空気が乾燥しすぎて、喉《のど》が痛い。

「変に焦ったり、いきなり進む必要はないと思うんです」

ですけど——と、こよみがつづけた。

「こんな夜は、ちょっとだけ、進展したいかなって」

「うん」

森司はうなずいた。ほかに言える言葉がなかった。

声が、呼吸が、喉にひっかかる。肺の中に空気が足りない。意味もなく、何度も手を握ったりひらいたりした。

「おれも、同じ気持ちだ」

森司はシーツに手を滑らせた。

こよみの手に、掌を重ねる。

彼女の手はやはりちいさく、華奢《きゃしゃ》だった。花火のときと同じく、森司より冷えていた。指さきが冷たい。温めるように、そっと握った。

手を握ったまま、森司はこよみのほうへ体をずらした。肩と肩が触れ合う距離まで、近づいた。そのまま顔を傾ける。

彼女の髪に、森司は唇を付けた。

洗いたての髪が香った。

こよみは動かない。

森司はこよみの手を放し、代わりに腕を彼女の肩へまわした。ぐっと抱き寄せる。こよみの体が倒れかかってきた。まるで重さを感じなかった。

森司はこよみの髪に幾度か唇で触れた。額に触れ、まぶたにも触れた。

こよみが、わずかに顎《あご》を上げた。

目と目が正面から、至近距離で合う。

お互いが同じ想いでいるとわかった。ほんのすこしも、気持ちにずれがなかった。肌で感じた。そしてこよみが、ゆっくりとまぶたを伏せ――。

その刹那《せつな》。

森司は、朗々と響く遠吠《とおぼ》えを聞いた。

犬の声ではなかった。よく似ているが、違った。

愛玩《あいがん》動物ではない野生の獣特有の、重みを感じた。それは低く、長く、悲しげですらあった。同時にひどく猛々《たけだけ》しく、濃い殺気をはらんでいた。

森司は体を強張《こわば》らせ、しばし遠吠えに聞き入った。

「先輩？」

こよみが怪訝《けげん》そうに見上げてくる。

森司は彼女にささやいた。

「灘、聞こえるか？」

こよみが首を横に振る。

次の瞬間、森司は頬を歪《ゆが》めた。彼女からそっと手を離す。

「まずいな。――……。灘、音を立てずに動いて。静かにゆっくり立ちあがるんだ。そしてすぐ、おれの後ろに隠れろ」

低く告げるのが精いっぱいだった。

目の前に、狼がいた。

12

――怒っている。

森司は確信した。

眼前のこの巨大な狼は、おれに対して怒っている。

対峙《たいじ》してみて、はっきりした。やはりこいつは、テーマパークの通路で鼓実のそばにいた狼と同一だ。同じものだ。

――だが、あのときとは違う。

日中視たとき、狼は森司に対し無関心だった。しかしいまは牙を剝《む》き、殺気をあらわに唸《うな》っている。黒く硬《こわ》い毛に埋もれた双眸《そうぼう》が、燃えるように紅《あか》い。

――激怒している。だが、おれにだけだ。

森司は安堵《あんど》した。狼は、森司しか目に入れていない。こよみのことは意識の埒外《らちがい》だ。つまり、彼女に危害を加える気はないらしい。

爪《つま》さきで、森司は床を探った。わずかに腰を浮かす。いつでも走れるよう、ふくらはぎの筋肉に力を入れる。

ホテルの一室は、むろん広くない。走れる距離はたかが知れている。それでも飛びかかられたら避《よ》けるべく、身構えておかねばならない。

「灘」

森司は背後にささやいた。

不用意に犬の目を見るな、とはよく言われる。長く目を合わせる行為は、敵意の印ととらえられる。

狼もきっと同じだろう。眼前の燃える双眸を見ぬよう、森司は狼の前足に神経を集中させた。

「灘。……楠本鼓実さんに、電話してくれ」

声がかすれた。

「この狼は、きみには怒っていない。おれしか見てない。——だから大丈夫だ。彼女と、スピーカーで通話を繋《つな》いでくれ」

こよみがテーブルの携帯電話を手に取る気配がした。

ＬＩＮＥアプリのコール音が響く。

息づまるような時間が流れた。

鼓実はなかなか応答しなかった。数分が、数十分に感じられた。だが十数回目のコールで、ようやく彼女の声がした。

「あ、あの、わたし」

「鼓実さん」

押しころした声で、森司は遮った。

鼓実の荒い呼吸が聞こえた。張りつめた空気が、いやでも伝わってくる。

やはりだ。森司は思った。

やはり鼓実のほうにも、狼が出現している。そしていまは彼女に対しても、怒りをあらわにしているはずだ。

「鼓実さん」

狼の前足から目をそらさず、森司はいま一度呼びかけた。

「いま、おれの部屋に狼がいます。……あなたのほうにも、ですよね?」

鼓実がぐっと息を呑んだ。

森司はつづけた。

「こうして目の前にすると――いろいろわかります。わかろうとしなくても、わかってしまう。情報量というか、伝わるものの多さが違うんです」

舌がもつれる。

口の中がからからだ。

「日中あなたのそばで視たときは、狼はあなたのみを注視していた。でもいま、こいつはおれを見ている。おれがおれだと、わかった上で現れたんだ。でもそれは諸刃《もろは》の剣なんです。……なぜっておれにも、こいつが理解《わか》ってしまうから」

だから断言できます、と森司は言った。

「あのブログは、でたらめの嘘っぱちだ。楠本さん。この狼は憑《つ》き物なんかじゃない。強いて言えば生霊《いきりょう》に近いが、あなたじゃない。あなたの怒りや激情がかたちを取ったものじゃあない。この狼は……あなたの」

妹さんです。小笛さんです——。

そう告げた語尾が、無意識に震えた。

「そ、んな」

鼓実があえいだ。

「でも、でもあの子は」

「わかってます。小笛さんは昏睡《こんすい》状態だ。でもこの狼は、間違いなく彼女です。そしていま、おれに激怒している。あなたに真実を気づかせるきっかけを、おれが作ってしまったからです」

森司は断言した。

「意識を狼に集中してください、楠本さん、あのブログはでたらめだ。叔母《おば》さんと、小笛さんの友人からの一方的な情報をもとに、かつ閲覧数を稼ぐために煽情的《せんじょう》に書いたものだ。あなたは、意識下で小笛さんを憎んでなんかいません。小笛さんだってそうだ。小笛さんはずっと、あなたを姉として慕っていた」

そう、ずっとだ。

鼓実が五歳で、小笛がたった二歳だったあのときから、ずっと。

「集中してください」

森司はいま一度言った。

「鍵《かぎ》はあなただ。お願いします。楠本さん、おれと小笛さんを繋ぐ糸はあなたしかない。お願いだから集中して――」

「ああ」

鼓実が呻《うめ》くのが聞こえた。

「思い……だしたかも。これだ。この記憶ですね？」

「だと思います」

森司は祈りながら後押しした。

「口に出してください、楠本さん。なにを思い出したか、狼にも聞かせてやって」

「ご、五歳の記憶なので、もちろん断片的ですが……」

鼓実の声が、喉《のど》でかすれた。

「たぶんわたし、思い出せました。あの日、おばあちゃんの家にいたら、知らないおじさんが入ってきて、棒のようなものを振りかざして……そ、そうしたら」

おおきな、いぬがまもってくれた——。

幼な子のような口調で、鼓実は言った。

「おそらくそれが、小笛さんが〝狼〟を出したはじめての日です」

森司は狼をうかがいながら言った。

狼は前傾姿勢を取り、低く唸っている。前肢が丸太のように太い。

「小笛さんはたった二歳だった。だが、生まれつきかはわからないが、力があった。あなたを守りたかった。小笛さんの世界には、大切な二人がつねに中心にいた。それはあなたと、そして」

「大海くんね」

呆《ほう》けた声で、鼓実が言う。

森司は首肯した。

「そうです。あなたと馬場大海さんだ。あなたたちに危機が訪れたときだけ、いつも狼は現れた。そのはずだった。……つい、先日までは」

祖父母の家に乱入した男は、鼓実を傷つけようとした。

ゴミ出しのルールにうるさい老婦人は、大海を侮辱した。

男子生徒は大海をいたぶり、学年主任は毎日暴言をぶつけて責めた。

彼らは、小笛を怒らせたのだ。そこが共通点だ。鼓実もしくは大海を害しようとした罪で、彼ら四人は小笛を激怒させた。

だが大海のマンションで殺傷事件が起こった、あの日。

あの日だけはべつだ。狼は、大海を守らなかった。それどころか小笛本人もだ。

通行人たちの証言によれば、狼は古俣みな実とともにマンションから落ちたという。

そして直後に、煙のごとく消え去った。

「どうして」

鼓実が呻く。

「あれが小笛なら、どうして大海くんを、いえ、小笛のことも守らなかったの。どうしてよ。なぜなの」

「それは、暴走したからです」と森司。

「暴走？」

「はい」

森司はうなずき、覚悟を決めて言った。

「なぜなら古俣みな実さんは、大海さんに付きまとっていたんじゃない。ストーカーなんかじゃなかった。逆です」

「逆……」

「そうです。大海さんは、古俣みな実さんと付き合っていた。彼に横恋慕していたのは、小笛さんのほうなんです」

次の瞬間。

狼が大きく口を開けた。

その口腔《こうこう》は真っ赤だった。

大人の親指ほどもある牙《きば》に、唾液《だえき》がしたたっていた。

空気がびりびりと震えるのを、森司は感じた。凄《すさ》まじい殺気だった。だが、口を閉ざすことはできなかった。黙ってはいられない。

真実が必要だ。誰かが、真実を突きつけねばならない。

――そうしなければ、この狼は止まらない。

「小笛さんはずっと彼に恋していた。大海さんのほうは、きょうだい同然の幼馴染《おさななじ》みとしか思っていなかった。でもみんなに好かれて友人の多い小笛さんは、順調に外堀を埋めていった。大海さんは小笛さんが好きなんだと、誰もが思いこんだ」

息継ぎし、森司はつづけた。

「一方の古俣みな実さんは、三十一歳でした。十九歳の大海さんとはだいぶ歳の差がある。でも彼らには、いじめられて不登校になったという共通の過去があった。共感し合い、慰め合える二人だったんです」

ああ、と鼓実が声を上げた。

「これ――これは、なに？」

悲鳴じみた声だった。

「あなたの言葉につれて、次々と光景が頭に浮かんでくる……。これが、わたしの過去？　わたしの記憶？　これを全部、いままで忘れていたっていうの？」

「小笛さんは、〝狼〟を使ってあなたに忘却させた」

狼の圧をこらえながら、森司は唸《うな》るように言った。

「はじめは、トラウマからあなたを守るためでした。バットで殴ろうとした男の記憶が残っていては、あなたの心の傷になる。狼はあなたと大海さんを守るため、より強くなり、より力を蓄えていった。そうして、いつしか——彼女自身にも制御できない怪物に育ててあげてしまった」

——ヒロちゃんが「小笛に大事な話がある」って言うんだよね。

そう小笛は、姉に告げたという。

それは「古俣みな実さんと交際している」という告白だったのではないか。そう森司は想像する。

古俣みな実には友人がいなかった。大海との仲を打ちあけ、相談する相手もだ。

それは大海のほうも同じだった。彼ら二人が想い合い、交際をはじめたことは誰一人知らなかった。

だが最終的に、彼は打ちあけるしかなかった。動画作成の助手まで買ってでた小笛に、隠しつづけることは不可能だった。

「鼓実さん」

森司は言った。

「口に出してください。口に出して、狼に聞かせるんだ。よみがえったあなたの記憶は、いったいどんなものでしたか」

「……ひ、大海くん、……いえ、ヒロちゃん、は」

鼓実はいまにも泣きだしそうだった。

「小笛を、いつも怖がってた」

声がわなないた。

「嫌ってるわけじゃない。そうじゃなく……あの子は、純粋に小笛が怖かった。恐れていた。だから小笛を、強く遠ざけられずにいた」

「そうです。彼は、小笛さんを恐れていた。異性として愛せる対象じゃなかった」

そして小笛の狼は、強くなりすぎた。

完全にコントロールを失ったのは、古俣みな実の登場がきっかけだ。

衝撃と嫉妬《しっと》は、小笛の中の狼を暴走させた。

「繰りかえしますが、みな実さんはストーカーではなかった」

森司は言った。

狼が荒い息を吐きつづけている。獣臭がきつく臭った。

「事件の数日前、小笛さんはしつこく鳴る着信音をあきらかに忌避していた。鼓実さんに『ストーカー?』とからかわれ、否定しなかった。あの時点ですでに、小笛さんは自覚していたはずです。大海さんの心が自分にないこと。己の中に制御できない獣がいること。いまにも箍《たが》がはずれてしまいそうなことを」

——危険なストーカーは、小笛のほうだった。

うるさいほど鳴ったという着信音は、狼からの扇動か。「あいつら二人は、裏切り者だ」「やってしまえ」というそそのかしか。

いや、もっと現実的かつ最悪な想像をすれば、小笛が大海のパソコンをいじったのかもしれない。大海に届くみな実のメールが小笛のもとに転送されるよう、ひそかに設定した可能性は充分にある。

——どちらにしろ、結果的に小笛は壊れた。

「小笛さんは、内なる獣に負けた。刃物を持って、大海さんのマンションを訪れた。その日、部屋にみな実さんがいることも承知だったでしょう」

小笛は狼に、みな実をベランダから落とさせた。

次いで大海を刺し殺し、己をも刺した。

その直前、小笛は鼓実に電話をかけている。そして悲痛な叫びを残している。

——お姉ちゃん、助けて。

——助けて、狼が。ここに狼がいる。

——わたし……わたし、殺される。

内なる怪物に、己が育《はぐく》んできた獣性に殺されると、彼女ははっきり自覚していた。自覚しながら、みずからの体に刃《やいば》を突きたてた。彼女にはもはや、制御するすべがなかったのだ。

森司は、狼を見つめつづけていた。

飛びかかってくる様子は、ない。

殺気はほんのすこしも薄れていなかった。彼を殺すことをためらい、怯《ひる》んでいるのではけっしてない。そうではなく――。

「鼓実さん」

森司は鼓実に呼びかけた。

「小笛さんに、語りかけてください。――鼓実さん、いまあなたの妹さんは、集中治療室で死にかけている。おれを襲うだけの体力はもうないんだ。彼女が死ねば、狼も消え失《う》せます。その前に、小笛さんを説得してください」

「……そ、んな」

鼓実が絶句した。

しばしの沈黙ののち、啜《すす》り泣きが聞こえた。

スピーカーから、鼓実の泣き声が響く。こらえきれぬ嗚咽《おえつ》が、室内の空気を震わせた。

「語りかけてください」

重ねて森司は言った。

「彼女はじきに死ぬ。それは避けられないことです。だからこそ、想いを残させちゃだめだ。彼女を説得し、納得させてあげてください。そうでなければ彼女は――本物の悪霊になってしまう。成仏できず、未来永劫《みらいえいごう》さまようことになる。どうか妹さんに、死を納得させてください」

彼の脳裏には、黒沼部長の姿があった。正確には、四宮音羽と弦太のために、貝塚豊に語りかけた部長の姿が、だ。

通じるはずだ、と思った。条件はほぼ同じだ。貝塚と同じく、小笛も昏睡《こんすい》状態にある。あのときのように小笛の耳にも届くはずだ。

「こ、……こぶえ。小笛」

しゃくりあげながら、鼓実が言った。

鼓実のもとに現れた狼に、殺意はないはずだ。森司は奥歯をきつく嚙《か》んだ。

小笛は姉を殺そうなどと思ってはいない。ただ憤り、抗議している。訴えているのだ。どうして森司のような他人に頼った。なぜ真実に気づいてしまったのだ、と。

――お姉ちゃん。

狼がわずかに身もだえするのを、森司は認めた。

――知らないままでいてほしかった。

――お姉ちゃん。お願い。

――お願い。嫌いにならないで。ヒロちゃんみたいに、わたしを拒まないで。

「小笛!」

鼓実が叫んだ。

「……小笛、あんた、そのまま眠りなさい」

彼女の声は、涙に濡《ぬ》れていた。

「目覚めちゃ駄目……。そのまま眠るの。目覚めても、あんたにはつらいことしかない。お姉ちゃん、小笛を警察なんかに引き渡したくない。起きないまま、逝きなさい。お姉ちゃんにはわかってる。あんた……あんた、耐えられないよ」

幾度も声を詰まらせ、鼓実はつづけた。

「目が覚めたとき待っている現実のつらさにも、死んでから見る景色にも——あんたは耐えられない。わたしだって、小笛にそんな思いさせたくない」

狼が、一歩退いた。

殺気が薄れてきたのを、森司は悟った。

いや、殺気だけではない。狼の生気そのものが薄らいでいる。目の光がすこしずつ鈍り、いまにも飛びかからんばかりだった前肢の腱《けん》が、弛緩《しかん》しつつある。

「お姉ちゃんの言うこと、聞きな。小笛」

鼓実はしゃくりあげながら言った。

「わたしのことは、もう守らなくていい。あとのことは、全部なんとかする。お、お姉ちゃんが全部引き受けて、片づけてあげる。だから、小笛……」

——安心して。

――安心して、もう、おやすみ。

ふっ、と獣臭が消えた。

次の瞬間、狼の姿もかき消えた。同時に小笛の気配も消えた。

「――小笛！」

わっと鼓実が泣きだした。

携帯電話の受話口から響く、激しい啼泣《ていきゅう》が室内を揺らした。血を吐くような声だった。愛する者を失った人間が発する、手ばなしの慟哭《どうこく》であった。

「小笛。こ、こぶえ……」

――死んだ。

たったいま、楠本小笛は死んだ。森司は確信した。

最後の最後に姉の言葉を容《い》れ、小笛は集中治療室のベッドで逝った。

そして狼も消えた。彼女が愛憎と妄執から生みだし、身の内で育みつづけた怪物は、ともに消え去ってしまった。

鼓実が泣きつづけている。

森司の背後にいたこよみが立ちあがり、そっと彼の肩に手を置いた。

ようやく森司の体から、ほっと力が抜けた。崩れるように床へ座りこむ。

十分近く緊張していたふくらはぎの筋肉が、軋《きし》んで痛んだ。あと数分緊張がつづいていたら、たぶん限界だった。

しばしそのままの姿勢で、鼓実の啜り泣きを、彼らは無言で聞いた。

やがて、鼓実が短くあえいだ。

「……あ、――……」

「どうしました？」こよみが問う。

「ひ、膝《ひざ》の上。わたしの膝の上に、いま……」

小笛のスマホが――と、涙の残る声で鼓実は告げた。

「このスワロフスキーのスマホケース、間違いないです。あの子のです。が、画面の傷も、見慣れた場所にあるし……。事件のあと、ずっと見つからなかったのに。わたしの、膝の上に……」

「たぶん大海さんのパソコンと、古俣みな実さんのスマホも、今夜じゅうに見つかると思いますよ」

平たい声で森司は言った。

「メールやＬＩＮＥの履歴を見れば、彼らが恋仲だったとすぐに証明できるでしょう。小笛さんには悪いが、これで事件は一気に急展開し、解決するはずです」

こよみは彼の肩から手を離さなかった。

その体温が、胸にじんわり染みていくのを森司は感じた。

エピローグ

「おかえりぃ」

雪大オカルト研究会の部室に、今日も部長の明るい声が響きわたる。

「どうも、ただいまです」

「ただいま帰りました。こちらお土産です」

森司とこよみは部室に入るやいなや、両手に提げたお土産袋を矢継ぎ早にテーブルへ置いた。

「えー、こちらは部長にです。リクエストどおり『みつばちの女王』のハニーフィナンシェに、『青ひげ』のグッズ各種。泉水さんには、酒の肴《さかな》に最適なチーズスナックのセットにしました」

森司がひとつひとつ指さしながら言う。

「藍さんには、職場にも持っていける缶入りクッキーです。それとシャープペンシル、ボールペン、マスキングテープの文具セット」とこよみ。

「鈴木にはプラスチック製のタンブラーセット。なるべくシンプルなやつにしといた。前に、ガラスのコップ洗うの苦手だって言ってただろ」

「こっちのお菓子は？」と部長。

「講師の矢田《やだ》先生と、学生課の馬淵《まぶち》さんにです。あ、こっちはアパートの先輩たちに配るぶん。そっちは灘がご近所に配るぶんです」

「全部持って帰ってきたの？　大変だったねえ。宅配便で送ればよかったのに」

「それが、時間に余裕がなくて」

遠い目になって森司は答えた。

あの夜、狼が消え、鼓実との電話を切った数分後。

森司の足はものの見事に攣《つ》った。ようやくおさまったときは、すでに午前二時を過ぎていた。

その頃には森司もこよみも、へとへとに疲弊していた。気絶するようにベッドに倒れこみ、夢も見ずに眠った。

はっと二人が目覚めたときは、朝の九時近かった。ちなみにホテルのチェックアウトは十時である。

その後は嵐のようだった。

彼らは大急ぎで身支度し、ホテルの朝食を食べ、超特急で荷物をまとめた。この時点で、予定より一時間以上遅れていた。その後はふたたび『フェアリーズガーデン』に入園した。

帰りの新幹線も自由席で、本来なら何時に帰ってもかまわないはずだった。しかし入園してすぐ、こよみの母親から電話が入った。

「こよみ、お父さんがあやしんでる！　一泊旅行の同行者は藍さんじゃないって、うっすら勘付きはじめてる。早く帰ってきなさい！」

というわけで二人は、大急ぎでお土産を買った。大量の土産袋を抱え、やはり超特急で東京駅へ走った。

発車アナウンスがはじまった新幹線にぎりぎりで滑りこみ、さいわい座席も確保できた。残念ながら席は離れたが、贅沢《ぜいたく》は言えなかった。

そして腰を落ちつけた途端、森司は瞬時に眠りに落ち――。

気づいたら、終点の新潟であった。

それが今回の旅の顚末《てんまつ》である。

その後は駅構内のサイゼリヤでランチし、バスで大学に直行した。なにはなくとも大学に来てしまうのが、身に付いた悲しい性《さが》というやつだ。

「で、楠本鼓実さんのほうはどうなったの？」

グッズを仕分けながら部長が問う。

答えたのはこよみだった。

「さっきＬＩＮＥが来てました。小笛さんのスマホを警察に渡したそうです。担当刑事さんが『詳しくは言えませんが……』と前置きした上で、捜査に進展があったことを匂わせてきたそうです」

「そっか。じゃあ馬場大海くんのパソコンや古俣みな実さんのスマホも、八神くんの言うとおりに忽然《こつぜん》と見つかったのかな。あれほど捜したはずの場所から、それこそ魔法のように、ね」

「それで、古俣みな実さんの罪も晴れるといいわね」と藍。

「だね。そのぶん楠本家は、これから大変だと思うけど」

部長が相槌《あいづち》を打つ。

「しっかし、舞彩とかいう従妹《いとこ》はなんやったんです？」

鈴木が嘆息した。

「おれはその人が一番わけわからんというか、不気味ですわ。小笛さんのＳＮＳへのコメントからして、ブログで書いた自分の嘘を真実と思いこんどったようやし」

「ゲッペルスいわく『嘘も百回言えば真実となる』かな。まあ舞彩さんはそこまで考えてなくて、ただの短慮な人だと思うよ。嘘を連発するうち、自分でも真実と思い込んでしまうのは、さして珍しいことじゃない」

部長が肩をすくめる。

「今回の一面だけ切りとると、悪意満載の不気味な女性に見えるけどさ。普段は想像力がやや乏しいだけの普通の人じゃないかな。目先の閲覧数稼ぎに夢中で、まわりが見えてなかったんだろう。たぶんブログにハマる前から、従姉《いとこ》の鼓実さんの優秀さが煙たくて、そのぶん小笛さんびいきだったんじゃない？」

彼は苦笑した。

「これはあくまで想像だけど、親にしょっちゅう言われてたのかも。『なにこの成績は！　千葉の鼓実ちゃんを見習って、もっと勉強しなさい！』……なーんて」

「あー言う。ほんと親って、そういうの言うわよね」

藍がため息をついた。

「深い意味なく言ってるんだろうけど、軽い気持ちで親戚《しんせき》の仲に亀裂《きれつ》を入れるの、つくづくやめてほしいわ」

「まったくだよ」

部長がマグカップを傾ける。

「ところで八神くん、こっちはこっちで楽しいことがあったよ」

「楽しいこと？」

森司は訊《き》きかえした。

「なんですか？」

「知りたい？」藍が首をかしげる。

「そりゃあ、まあ」

「じゃ見せたげる。はい」

そう言って藍が、一枚の紙をテーブルに広げた。

何気なく覗《のぞ》きこみ、途端に森司はぎょっとした。

学生新聞だった。例の、新聞部の熊沢が作っているやつだ。

見出しは『ついに！』の一文のみである。

だが問題はその下の写真だった。

森司とこよみがSNSに投稿した、ホテルのベッド画像がでかでかと載っている。並んだベッドをそれぞれ別角度で撮った二枚を、ご丁寧にも両方だ。

「な、なな、なんですかこれは」

新聞を指し、森司は狼狽《ろうばい》もあらわに問うた。

しれっと部長が答える。

「今朝、号外が出たんだよ」

「ごご号外。どういうことですか、ががが学生新聞で号外って」

「まあ一般紙の号外と違って、無料じゃなかったけどね。一枚百円。でも、飛ぶように売れてたよ。春休み中なのにねえ。みんな好きだね」

呆然《ぼうぜん》と森司は立ちすくんだ。

あの熊野郎とか、勝手に商売にするなとか、あとで抗議してやるだとか、あらゆる言葉が浮かんでは消える。だが実際に口から出た言葉は、

「ぷ……プライバシーの侵害では」

の一言のみだった。

「でもこれ、きみたちが自分でアップした画像だし」

部長がのんびりと言う。

「一応仔細《しさい》にチェックしたけど、記事の中に下品な単語や文章はひとつも見つからなかった。嘘や誇大表現もなかったよ。強いて言えば、見出しの『ついに』が、なにかを匂わせていたくらいかな。あと、きみたちの名前はいっさい出てなくて、イニシャルの記載すらなかった」

「そのわりに、なぜか買ってるみなさんは、誰と誰のことなのか完全にわかっとるようでしたが」と鈴木。

「なぜだろうな、不思議だ」

泉水がわざとらしく鈴木と顔を見合わせ、首をかしげる。

「い、いや、でもまずいでしょう。まずいですよこれは」

震えながら森司は言った。

「おれはちっともかまいませんが、問題は灘ですよ。か、彼女はうら若き妙齢のお嬢さんです。悪評が立ったらどうするんです。これは名誉毀損《きそん》、いや人権蹂躙《じゅうりん》ですよ。さすがに笑ってスルーはできない。学生課を通じ、正式に抗議を申し入れる必要があります。泣き寝入りは駄目だ。なあ灘!?」

勢いよくこよみを振りかえる。

だが次の瞬間。

部室内に、爆笑が弾《はじ》けた。

ぽかんと立ちすくむ森司に、部長が笑いながら言う。

「なーんて嘘。嘘だよ。こんな号外、神聖なる大学構内で配るわけないでしょ。これは熊沢くんが、シャレで二部だけ作ったフェイク号外」

「な、なんだあ」

森司の全身から力が抜けた。

「よかったあ」

椅子にへたへたと座りこむ。直後、はっと顔を上げた。

「灘も知ってたの？」

「すみません」

こよみが両手を合わせ、頭を下げる。

「ついさっき、藍さんからＬＩＮＥが来て……」

彼女が見せた携帯電話の画面には、確かに「八神くんにドッキリ仕掛けるから、協力して！」とのメッセージが表示されていた。

「でもわたしは、べつに大学じゅうに知られたっていいですが」

「え？」

それはどういう意味、と森司が問いかえす前に、

「いやー、笑った笑った」

部長が目じりを拭《ふ》きながら言う。

「それで八神くん、以下が熊沢くんからの伝言ね。『これを千部刷られたくなかったら、ちゃんとインタビューを受けろ』だそうだ。ま、それくらい応じてあげれば？」

「ああ、はい……」

ですね、と森司は首肯した。

もはや逆らう気力もなかった。旅疲れとあいまって、足にも声にも力が入らない。下手をしたら、このまま腰が抜けてしまいそうだ。

「あー、笑ったら暑くなっちゃった」

換気しよっか、と藍が窓を細く開ける。

風が薫った。

冬から春への変わり目にだけ嗅《か》ぐことのできる、特別な風だ。ふわりと室内に吹きこみ、ほんの一瞬甘く立ちこめた。

引用・参考文献

『世界不思議百科』コリン・ウィルソン　ダモン・ウィルソン　関口篤訳　青土社
『昨日のツヅキです』都筑道夫　新潮文庫
『シネマッド・ティーパーティ』和田誠　講談社文庫
『世界の謎と不思議百科』ジョン&アン・スペンサー　金子浩訳　扶桑社ノンフィクション
『オカルティズムへの招待　西欧〝闇〟の精神史 黒魔術、錬金術から秘密結社まで』文藝春秋編　文春文庫ビジュアル版
『幻想文学大事典』ジャック・サリヴァン編　国書刊行会
『超オカルト』コリン・ウィルソン　風間賢二／阿部秀典訳　ペヨトル工房
『欧米社会の集団妄想とカルト症候群―少年十字軍、千年王国、魔女狩り、KKK、人種主義の生成と連鎖―』浜本隆志編著　柏木治／高田博行／浜本隆三／細川裕史／溝井裕一／森貴史著　明石書店
『ストーカー「普通の人」がなぜ豹変するのか』小早川明子　中公新書ラクレ
『情動と犯罪　―共感・愛着の破綻と回復の可能性―　情動学シリーズ9』福井裕輝／岡田尊司編著　朝倉書店

本作は書き下ろしです。この作品はフィクションです。
実在の人物、団体等とは一切関係ありません。

ホーンテッド・キャンパス　狼《おおかみ》は月《つき》に吠《ほ》えるか

櫛木理宇《くしきりう》

角川ホラー文庫　24598

令和７年３月25日　初版発行

発行者――山下直久
発　行――株式会社KADOKAWA
〒102-8177　東京都千代田区富士見2-13-3
電話 0570-002-301（ナビダイヤル）
印刷所――株式会社暁印刷
製本所――本間製本株式会社
装幀者――田島照久

●お問い合わせ
https://www.kadokawa.co.jp/（「お問い合わせ」へお進みください）
※内容によっては、お答えできない場合があります。
※サポートは日本国内のみとさせていただきます。
※Japanese text only

ISBN978-4-04-116121-0　C0193

角川文庫発刊に際して

角川源義

第二次世界大戦の敗北は、軍事力の敗北であった以上に、私たちの若い文化力の敗退であった。私たちの文化が戦争に対して如何に無力であり、単なるあだ花に過ぎなかったかを、私たちは身を以て体験し痛感した。西洋近代文化の摂取にとって、明治以後八十年の歳月は決して短かすぎたとは言えない。にもかかわらず、近代文化の伝統を確立し、自由な批判と柔軟な良識に富む文化層として自らを形成することに私たちは失敗して来た。そしてこれは、各層への文化の普及滲透を任務とする出版人の責任でもあった。

一九四五年以来、私たちは再び振出しに戻り、第一歩から踏み出すことを余儀なくされた。これは大きな不幸ではあるが、反面、これまでの混沌・未熟・歪曲の中にあった我が国の文化に秩序と確たる基礎を齎らすためには絶好の機会でもある。角川書店は、このような祖国の文化的危機にあたり、微力をも顧みず再建の礎石たるべき抱負と決意とをもって出発したが、ここに創立以来の念願を果すべく角川文庫を発刊する。これまで刊行されたあらゆる全集叢書文庫類の長所と短所とを検討し、古今東西の不朽の典籍を、良心的編集のもとに、廉価に、そして書架にふさわしい美本として、多くのひとびとに提供しようとする。しかし私たちは徒らに百科全書的な知識のジレッタントを作ることを目的とせず、あくまで祖国の文化に秩序と再建への道を示し、この文庫を角川書店の栄ある事業として、今後永久に継続発展せしめ、学芸と教養との殿堂として大成せんことを期したい。多くの読書子の愛情ある忠言と支持とによって、この希望と抱負とを完遂せしめられんことを願う。

一九四九年五月三日